講談社文庫

新本格魔法少女りすか4

西尾維新

JN036174

講談社

新本格魔法少女りすか4

しかし老人の智恵や書物の知識にもまさって素晴しいのは、大洋にまつわる秘密の伝承である。青、緑、灰色、白、黒と色も変化し、なめらかなこともあれば、小波《さざなみ》をたてたり高波をおこしたりする大洋は、決して沈黙をつづけているわけではない。

H・P・ラヴクラフト『白い帆船』

第十話　由々しき問題集!!!

雑談をしていられるような状況では既にない。このぼく、供犠創貴《くぎきずたか》の生命は今や風前の灯火《ともしび》もいいところだった——否《いな》、そんな比喩《ひゆ》表現すら、自分自身に対していささか慰《なぐさ》めが過ぎるというものだろう。風前の灯火どころではない、強《し》いて言うなら真空中の灯火といった感じだ。ありったけの酸素を消費し尽くして空しく立ち消えるまで、どれほどの猶予《ゆうよ》も残されていない。運命づけられた死は、手を伸ばせばそれで届く、すぐそばに、すぐそこに、すぐここにあった——これまで繰り広げてきたありとあらゆる死闘の中で、間違いなく問答無用で、もっとも死に近い位置に、どうやら今、このぼくは存在しているようだった。太い杭。黒く、太く、巨大な杭が、ぼくの腹部を、容赦なく徹底的に貫《つらぬ》き、ぼくの身体《からだ》を壁に磔《はりつ》け、壁に縫い付けている。内臓も背骨も全《すべ》て根こそぎに、貫通して——痛いという感覚はまるでないし、その状態を我が目で見ても、そんな冗談みたいな風景は、最早《もはや》痛々しくすらもない。そして、ぼくが貫かれているのは腹部だけではなかった。腹部を貫くそれほどは巨大ではないが、とても細いとは言えない、黒く、太く、大きな杭が――ぼくの右腕に五本、ぼくの左腕に四本、ぼくの右脚に七本、ぼくの左脚に六本、それぞれ、刺さっている。繰り返して言うが、それは、決して細いとは言えない。まだまだ成長過程にある十歳であるぼくの身体の棒のような手足が、どうして引《ひ》き千切《ちぎ》れていないのか不思議なくらいに、滅多刺《めったざ》しだった。やはり、痛いという感覚はまるでない――恐らくはこれらの杭によって、脊髄《せきずい》や手足の神経が、ずたずたにされてしまっているのだろう。試しに手足の指を動かしてみようとしたが、それは無駄な試みだった、まるで微動だにしない。だが、そんな切れた神経でもかすかに感じる――全身が熱い。身体を釘付《くぎづ》けにする、身体中を串刺《くしざ》しにする二十三本の杭、その全てが、熱く、焼けている。黒く――熱く、焼けている。皮肉なことに、だからこそぼくは未《いま》だ、かろうじて、虫の息でしかないとは言え、生きているということになるのだろう――そうでなければとっくの昔に出血多量で、こうして意識を保ち、現状を認識することさえもできずに、死んでしまっていたはずだ。熱い杭が、肉や骨と同様に、血を焼いてくれているからこそ――傷口が焼け、止血されているということなのだ。無論、だからといって、普通に考えれば、そんなことは大した救いにもなりはしない。むしろ苦しむ時間が増えただけだと考えるのが、一般的かつ普遍的である。そうだ、苦しむ時間が単純に増えただけだ。多くの人間が、この状況で考えることは、たった一つに限られるだろう――早く心臓を貫いて、もう一本、黒く、太く、そして熱い杭を打ち込んで——楽にして欲しいと、そう考えるだろう。そう願うだろう。どう足掻《あが》いたって死ぬことが決定しているというのなら——足掻くことに何の意味があるのか。ただただ死を待つだけなら、いっそこちらから死を迎えに行きたいと願うだろう——また、ここで更に付け加えるべき、絶望的な出来事を、ぼくはもう自分の眼で確認していた。繋場《つなぎば》いたちと、水倉《みずくら》りすか——この二人のことだ。かつては駒《こま》と呼び手駒と呼び、利用するだけの対象でしかなかったが、今となってはたとえ韜晦《とうかい》でだってそう呼ぶ気にならない、ぼくの大切な仲間であり、大事な友達。この二人の生命もまた——ぼくの目の前で、真空中の灯火だった。いや、この二人の場合は、既にその生命の火は消えてしまっているのかもしれない。消失されてしまっているかもしれない——客観的に公平な視点で見るならば、そうと断じるしかない。仲間意識や友情が、あるいは生命消失の過程にあるぼくの、フィルターのかかったうつろな目が冷静さを欠いているからこそ、彼女達がまだ生きているのではないかというその可能性を否定しきれないでいるだけなのかもしれない——しかし、それにしたって、まだ生きているのではというだけの、それだけの可能性だった。真空中の灯火——そういうことだった。繋場いたち——ツナギは、ぼくと同様、黒く、太く、熱い杭によって、滅多刺しの刑にあっていた。違いと言えば、ぼくが磔けられているのが壁であり、ツナギが磔けられているのは床であるということ。そして、ツナギはぼく以上に徹底的に、全身を三十七本の杭で、貫かれているということくらいだった。実際年齢二千歳とはいえ、肉体的にはぼくと同じく十歳の小さな体躯であるツナギの身体は、杭の刺さっていない部分を探すのが難しいほど、残酷なまでに滅多刺しだった。ツナギ——『魔法の王国』長崎県と、ぼくの住む佐賀県との県境を遮る、天を突く『城門』を製作した、その名も城門管理委員会の、設立者にしてたった一人の特選部隊——ありとあらゆる魔法使いにとって天敵的存在である、事実上にして実質上、無敵の魔法使いであるはずのツナギは、誰の眼にも明らかなほど、証明不要に敗北していた。そして水倉りすか——りすかもまたツナギと同じように、敗北していたと言っていい。『赤き時の魔女』、水倉りすか——赤い髪に赤い服。腰にはカッターナイフが差し込まれている。神類最強の魔法使いこと、『ニャルラトテップ』、水倉神檎の一人娘。水倉神檎の画策するところの魔法使い解放プロジェクト、『箱舟計画』の鍵となる存在。そんな彼女は、ぼくらにとっても敵側にとっても重要な存在であるところの彼女は、しかし、滅多刺しの状態でこそないものの、だからこそしかし、ぼくよりもツナギよりも、尚一層、死に近い位置にいるようだった。こちらは実際年齢も肉体年齢もぼくと同じ十歳、そのりすかの華奢な身体は、全身という全身のフォルムが不自然なほどに、変形している。ありとあらゆる骨を、外され、折られ、砕かれているようだった。使用する魔法の都合上、りすかには一滴の血液も流させるわけにはいかないということくらい、敵さんもまた十分に了解済みの前提事項で、だからこそりすかには一本の杭すらも刺さっていないのだが——だが、全身の骨を外され、折られ、砕かれて、それでも尚生きていろというのは、どう考えても無茶な注文である。うつ伏せの状態であるツナギとりすかの表情はぼくの視点からは窺《うかが》えない——それがかろうじて、彼女達の生死を確認できないでいる要因だった。さすがに瞳孔が開いた顔を見てしまえば、ぼくだって現実を認めないわけにはいかないだろうから。とはいえ、それでも精々《せいぜい》、まだ生きているのでは——程度だ。たとえそうだったとしても、ツナギとりすかが瀕死《ひんし》の状態であること、もうすぐ死ぬであろうことは、否定しようもない。どう考えたところで、昆虫標本よろしく壁に磔けられた、魔法使いでも何でもないただの人間のこのぼくこそが、三人の中で一番生き生きしているということになってしまうのだろう。死ぬ順番を予想するなら、りすか、ツナギ、ぼくの順だ……このままでは、ぼくは二人の死を見届けることになってしまう。言うまでもなく、そんなことは御免だった。そうだ——御免だ。ぼくはまだ、途中でしかない——今に至って、ほとんど何もやり遂げていないに等しい。まだ生きているというだけ——ツナギとりすかがどうだかは知らないが、それだけの事実でも、ぼくにとっては十分過ぎる。熱く焼けた杭によって止血されているのは、大いに救いだ。苦しむ時間が単純に増えれば——それは考える時間が単純に増えるということでもある。多くの人間がどんな風に考えようと、ぼくはそれと同じようには考えない、ぼくを誰だと思っている。どう足掻いたって死ぬことが決定していようと――足掻くことには意味がある。どれだけ死に近い位置にいようとも、ぼくはまだ死んでいない。肉体も、そして精神も。死に近い位置が、そのまま敗北に近い位置であるとは限らない。ツナギは敗北し、りすかも敗北し、希望は失われ、絶望に満ちたところで――ぼくはまだ誰に対しても負けていない。生命停止までの数分間、ぼくは躊《ちゅう》躇《ちょ》なく戦わせてもらおう。余裕たっぷりで――あますところなく戦わせてもらおう。残念ながら、雑談をしていられるような状況では――既に、ないようだけれど。

★　★

「雑談をしていられるような状況では――どうやら、ありませんんね」

水倉鍵《かぎ》は、例の鼻にかかった甘ったるい声で――普通にそう言った。そしておかしそうに、えへへ――と笑ってみせる。

「しかし、それでもまずは、おめでとうございますと言ってさしあげましょうか、供犠さん。供犠創貴さん。僕の大好きな、僕の愛する、僕の尊敬する、僕の憧《どう》憬《けい》する、僕の理想の人、供犠創貴さん――塔《とう》キリヤに対する天晴《あっぱ》れな勝利、おめでとうございます、とね」

「…………」

　ぼくはそんな水倉鍵に対し、何も答えない。ここはとりあえず、相手の言いたいように言わせておこうという考え方だった――まずは何らかの糸口をつかまないことには、この状況、どうしようもない。文字通り、身動きが取れないという奴だ。業腹《ごうはら》ではあるが、このむかつく年下のおかっぱ頭を、勝《か》ち誇《ほこ》りたいだけ勝ち誇らせてやるとしよう――無論、ただで済ませるつもりはないが。

「えへへ――」水倉鍵は、可愛《かわい》らしくもわざとらしく、小首を傾《かし》げる。「実際、びっくりしましたよ――キリヤの魔法は、勝つとか負けるとか、そういう低レベルの次元のものじゃありませんからね。『白き暗黒の埋没』の称号通り、一度嵌《はま》れば抜けられない、脱出不可能な牢獄ですよ。御覧の通り――りすかさんにしろツナギさんにしろ、御覧の通りの有様なわけですし……えへへ、極限とか無敵とか謳《うた》われたこのお二人も、こうなってしまえば可愛いものですね」

　ベッドの上に体育座りのまま、自分の左右にそれぞれ位置するりすかとツナギを、順繰りに見遣《みや》る水倉鍵……本当に、心の底からおかしくてこらえきれないという風に、その表情から笑顔が絶えることはない。

「それなのに供犠さんは人間の身でありながら――魔法使いのキリヤを打ち破った。

打ち破り——そうして、僕の前に、確かな意志を持って戻ってきた。いやはや、大したものですよ——本当に大したものですよ。これでも僕は、あんまり驚くってことをしないほうなんですけれどね、供犠さんには驚かされてばかりです。でも、魔法を使えない同じ人間として——僕は供犠さんのことをとても誇らしく思いますよ。今後の参考にしたいので、時間があれば、供犠さんがどうやってキリヤの魔法を打破したのか教えを乞いたいところなのですが——ううん、残念ながらそんな時間は残されていなさそうですね。えへへ」

「りすかと……ツナギを」

勝ち誇りの口上がどうやらひと段落ついたようだったので、ぼくはタイミングを見計らって、水倉鍵に対して口火を切った……腹を貫かれているので少々心配だったが、喋《しゃべ》ることくらいはできるらしい。大声を出すのはさすがに無理だろうが……小さな声程度なら、何とかなる。それでも、残りの寿命を削《けず》ることにはなってしまうだろうが……だからと言ってだんまりを決め込んでいてもジリ貧だ。

「りすかとツナギを——殺してしまって、いいのかよ。その二人を仲間に引き込みたいんじゃなかったのか？　水倉鍵……鍵ちゃん」

「ん？」

ぼくの言葉に、きょとんと、意外そうに目を開く水倉鍵。まだぼくが喋れたことに驚いたのか、それとも鍵ちゃんと呼ばれたことに驚いたのか、それはわからないが、いずれにしろあんまり驚くということはしないほうだというさっきの言葉は、明らかに適当に言ったのだろうことを窺わせる反応だった。本当に嘘《うそ》ばかりつきやがって……ツナギでもあるまいし、一体舌が何枚あるんだ、こいつは。まあ、そんなことはどうでもいいのだけれど……しかしすぐに取り直して、水倉鍵は、

「供犠さん」

と言った。

「さすがですね、供犠さん――正直なところ僕としては死体に語りかけているくらいのつもりだったんですけれど。えへへ、わかってますよ、わかりますよ、供犠さん――その質問の意図するところは。表面的、表層的な疑問よりもまず――とりあえずはりすかさんとツナギさんが、生きているのかどうか……はっきりと確認したいんですね？」

「……ふん」

その通り――ご名答ではあるが、ここでわざわざ、水倉鍵に対してそれを肯定してやる必要はない……そんな言葉で残り少ない貴重な体力を消耗《しょうもう》してたまるものか。

「えへへ……でも、それは僕にもわからないことなんですよね――供犠さん。キリヤがやられてしまった以上、二人ともキリヤの魔法からは既に解放されていますけれ

ど、二人がこのような状態にされたのは――っていうかまあ僕らがしたんですけれど、随分《ずいぶん》と前になりますからね。ええ、わかりませんが、よしんばまだ生きていたとしても、キリヤの魔法がどうであれ、供犠さんのように意識が戻ることはないでしょうし、どの道、このまま死ぬのが関の山でしょう」

「生死の確認すら――面倒臭《めんどうくさ》いってか」

「ええ。面倒ですね。僕らはしつこい分だけ、面倒なことは嫌いなんです。今生きていても、どうせすぐに死んじゃいますし――供犠さんと同じくね」

「…………」

まあ、いいさ――感情的になっても仕方ない。大体、この嘘つきがどれほど勝ち誇ったところで、本当のことを教えてくれるとは限らないからな……死んでいると言えば生きているのだと思ってしまうし、生きていると言えば死んでいるのだと思ってしまう。だったらこのように、曖昧《あいまい》にぼかされるほうがまだマシだ。水倉鍵にしてみれば、ぼくの不安を煽《あお》るために敢《あ》えてぼかしているという公算が強いが……。

「やれやれ……しかし」

水倉鍵については、しかし、実際のところ、それほど問題視することはない――こいつはぼくと同様、魔法使いではないただの人間だ。自分の周囲においてありとあらゆる魔法の発動を阻害《そがい》し、直に接触すればどのような種類の誰の魔法であろうとも、問答無用に解除・解呪してしまうという、凶悪で極悪な特異体質の持ち主であるとは言え――そんなことは魔法使いではないぼくにとっては何の障害にもならない。ぼくにとって水倉鍵は、ただの年下の、八歳の子供だ。水倉神檎の養子であろうがなんであろうが、それがどうしたという程度のことである。だから現時点での実際問題は――体育座りの水倉鍵の横に立つ、ベッドの上に直立している、一人の男のほうだった。

「だが鍵ちゃん――ぼくの質問の意図がどこにあったところで、そうは言っても、鍵ちゃんがりすかとツナギの二人を仲間に引き込みたがっていたのは事実だろう……同じことを言った覚えがあるが、ツナギはともかくりすかのほうは、死んだらとても困るはずだ。そうじゃないのか」

考えていることを悟られないように、とりあえず水倉鍵との会話を続けつつ――ぼくはその男を観察する。観察するのは得意技だ――ぼくはずっとそうやってきた。とは言え消去法で考えれば彼が誰であるのかは明白である――『六人の魔法使い』の五人目、『偶数屋敷』の結島《ゆいしま》愛媛《えひめ》。いつだったか、水倉鍵は彼のことを指して武闘派の魔法使いだと言っていたと記憶しているが、勿論《もちろん》そんな言葉は信用できないが、しかしとりあえずは、この黒い杭が、結島愛媛の魔法であると思われる。否――あるいはそうではないのか？　水倉鍵の特異体質のことがある、少なくともこのホテルの部屋の範囲内においては、どんな魔法であろうと発動することはない。だが、この黒い杭が結島愛媛の魔法そのものではなくとも、それと何らかの関わりを持つ物体であることは間違いない、か……。

「困りますよ——えへへ、そりゃ滅茶苦茶《めちゃくちゃ》困りますよ」水倉鍵は微笑する。「でもね——供犠さん。僕らは別に、弱い仲間が欲しいわけじゃありませんからね」

「弱い——か」

「ええ。みんながみんなのために役に立ててこそ、仲間ってものでしょう？　僕らの世界じゃ他人の足を引っ張る奴《やつ》のことを仲間とは呼ばないんですよ——えへへ。その意味じゃ、りすかさんもツナギさんも同じです。言いましたよね——『六人の魔法使い』、正確には僕を除いた『五人の魔法使い』ですけれど、人飼無縁《ひとかいむえん》、地球木霙《ちきゅうぎみぞれ》、蠅村召香《はえむらしょうか》、塔キリヤ、そしてこの——」

水倉鍵は——隣の男を顎《あご》で示した。そして、

「——結島愛媛」

と言う。やはり……というほどのやはりでもないが、やはり、この男が結島愛媛で正解らしい。『偶数屋敷』——五人目にして最後の一人、結島愛媛。一言も喋らず——無感情に無表情に、さっきからぼくのことをじっと見つめている。何を考えているのか、いまいちわからない……。

「この五人はりすかさんを成長させるために取《と》り揃《そろ》えたかませ犬集団なんですよ――ねえ供犠さん、あなたならどうします？　かませ犬に負けてしまうような犬を、果して自分の仲間にしようと思いますか？」

「りすか抜きで……『箱舟計画』は――どうするんだ」

「心配してくれるんですか？　優しいなあ――でもご心配なく。別に代替案《だいたいあん》が全くないというわけではありませんから。プランBはプランBで、着々と水面下で進行中ですよ」

プランB……？　『箱舟計画』に予備があるということか？　いや――いやいや、水倉鍵の言うことにいちいちまともにとりあってどうする。それで今こんな状況にまで追い詰められてしまっているんじゃないか――こいつの言葉は雑音くらいに捉《とら》えておいて、それでもまだ過剰評価だ。

「まあ目論見《もくろみ》は当たって、りすかさんもいい具合に成長してきていたんですけれどねえ――特に『過去』へ跳べるようになったというのは収穫でした。そこに至るまでの供犠さんのご助力も無視できませんが……やはり水倉神檎、神檎さんの血を引く愛娘《まなむすめ》。真紅の血統は伊達《だて》じゃあないと言ったところなんでしょうねえ、えへへ――しかし途中で終わっちゃ、どんな成長も意味なしですね」

「途中……」

それに……成長……成長……か。ぼくはさりげなく、視線を水倉鍵からりすかへと移す。全身を砕かれたりすか……水倉りすか。初めて会ったのは四年生の初頭……登校拒否の彼女の家にぼくが行って……、今だって全然子供の体型ではあるけれど、あの頃のりすかは、今よりもずっと幼い感じだった……思い出せば、その形が随分と違う――『形』。そう言えば、ツナギと出会うちょっと前くらいに、太ったような気がするだのなんだの、そんなくだらないことをほざいていたな、りすかの奴……ぼくはそれは太ったんじゃなくて、ただの成長だと、そう言ってやって――

「プランBがあるとは言え、それでも僕の個人的な好みで言えば、この場合りすかさんを主体にした『箱舟計画』が成立するのが何よりなんですけれどねえ――やっぱりそれが最善だったんですよ。だから、ええ、見栄《みえ》を張ってはみましたが、供犠さんの言われた通り、困るは困る――滅茶苦茶困っちゃうのは本当なんですけれど。僕の進退に関わる問題でもありますしね」

「小間使いは辛いな、水倉鍵ちゃん」

「その挑発は僕にとっては無意味ですね、供犠さん――僕は小間使いではありませんから。『六人の魔法使い』の中で、僕だけはかませ犬じゃありません。僕は何を隠そう、裏で糸を引く者ですよ」

「糸を引く――」

「別に何も隠しちゃいませんけどね。それに供犠さん、僕を挑発したところで意味なんてありませんよ？　供犠さんにとっての当面の敵は——この結島でしょう。お待ちかねの結島愛媛ですよ」

「お待ちかねの——か」

「ええ。お待ちかねの、結島愛媛です」

言って隣を、今度は指で示す鍵。その辺りまでは当然のようにお見通し——というわけか。この野郎……一体いつまで、このぼくを、手のひらの上で遊ばせているつもりだ？　そんなことが許されるとでも思っているのか？　結島愛媛は、ここでも、ここに至っても何も言わなかった……なんだろう、こいつ、さては無口なタイプの魔法使いなのか。だとすれば、それはあまりいい情報ではないな……寡黙《かもく》な敵を相手にするのはあまり得意ではない。会話が成立しないからだ。

「弱い仲間は必要ありませんが——強い仲間なら大歓迎です。特に僕は、供犠さんのことが大好きですからね。りすかさんは負け、ツナギさんも負けましたが——しかしそれでもまだ、供犠さんが負けたわけではありません」

「……………」

「よね？」

水倉鍵は——意地悪く、そして普通に、言う。

「全身を二十三本の杭で貫かれ、壁に磔刑《たっけい》にされた程度じゃあ——諦《あきら》めの悪い供犠さんは、まだまだ諦めたりはしませんよね？　勝負を捨てたりしてませんよね？　勝ちをしっかり見据《みす》えてますよね？　たとえこんな大ピンチからでも、結島や僕を倒す方法を百や二百は考えついていることでしょう——だったらそれを実行してくださいよ」

「実行して……いいのか？」

ぼくは言う——無駄だと知りつつも、挑発的に。いや、水倉鍵には無駄だとしても……結島愛媛には、通じる可能性はある。

「貴様等、欠片《かけら》も残らないぜ——ぼくは怒ってるんだ」

「それは怖い——怖いことを言うなあ。でも、供犠さん、僕は欠片も残らないなんて嫌ですけれど、結島だったら全然構いませんよ。結島は他の四人同様のかませ犬、供犠さん達に負け、供犠さん達に殺されることが任務なんですから——」

すぐ横で、そんな物騒なことを言われているというのに——表情一つ変えない結島愛媛。たとえそれが事実だとしても、そんな屈辱《くつじょく》的な扱いを受けたら、正面きって文句を言いはしないまでも、何らかの反応を見せそうなものだが……。違う……こいつ、今までの四人……それに、ぼくがこれまで相手にしてきた、百人以上の魔法使いの、誰とも違う……今のところ根拠のない、それは直感だが、そんな予感がする……

おいおい、どうなってるんだ。どんどんこの局面の、通過条件が厳しくなっていくじゃないか。

「頑張《がんば》ってください。僕は心から供犠さんを応援する者です、僕は供犠さんの味方ですよ。よくあるたとえ話で恐縮ですが、供犠さん——ここに一つのコップがあったとするじゃないですか。そのコップに半分だけ水が入っているとします。その半分の水を見て『まだ半分残っている』と見るか、『もう半分しか残っていない』と見るか——えへへ、供犠さんは当然、前者ですよね？　そういうプラス思考で乗り切りますよね？　是非ともその精神でこの局面も乗り切ってくださいよ」

「……コップに水？」考えなくちゃならない由々しき問題がかように山積みだというのに、水倉鍵の、その相手をするのも面倒臭い小賢《こざか》しいたとえ話に、ぼくは思わず舌打ちを漏《も》らす。「ごちゃごちゃうるさいな……鍵ちゃん。コップに水が半分しか入ってないのが不満なら、また汲《く》みに行けばいいだけじゃないか」

「そりゃそうだ。えへへ」

水倉鍵は甘ったるく——言った。

「それでは最後のゲームですよ、供犠さん——その状態から見事、『偶数屋敷』、結島愛媛を破ってください。それでゲームクリアです。そのときこそ僕は供犠さんの前にひれ伏して、供犠さん、生きていればりすかさんとツナギさんも一緒に、神檎さんの下《もと》まで案内しましょう――みんなで仲間になりましょう。僕は無力な人間の子供ですからね、三人がかりでかかられれば、手も足も出ません。言われるがまま、絶対服従の案内役です。これまで幾多の苦境を乗り越えてきた供犠さんです、きっと今回だって何とかなりますって。何度でも繰り返して言います。頑張ってください。僕は心から供犠さんを応援する者です――僕は供犠さんの味方ですよ」

「………………」

「えへへ、あの約束は、一応有効ってことにしておきますね――ほら、供犠さんがもしも僕達の仲間になってくれるのなら、この世界をくれてやろうっていう神檎さんの言葉のことです。強い仲間は大歓迎――それは神檎さんの意思でもありますからね。それでは」

　言いたいことを言いたいだけ言って、水倉鍵は体育座りから四《よ》つん這《ば》いになって、ベッドの上を移動し、床に降りた。

「『魔法封じ』の僕がいたんじゃ、結島が本領を発揮できませんからね――僕はここらで、退室させていただきますよ。ああそうそう、この部屋のことでしたら、フロントに延泊を申し込んでおきましたから、チェックアウトのことなどは考えなくて構いません。いくら時間をかけられても自由です。ご存分に戦闘してください、供犠さん。もっとも――供犠さんの生命はもってあと三分そこそこといったところでしょうから、これは無駄な気遣いなのかもしれませんが」

「三分か……」

カップラーメンを食べる暇《ひま》もありゃしない、か。しかし、それでも——

「十分過ぎるな……ウルトラマンなら、怪獣一匹倒せる時間だぜ」

「しかし供犠さん、あなたはウルトラマンではありませんよ」

「敵も怪獣じゃない——ただの魔法使いだ。それに、りすかならきっとこう言うぜ——『時間なんて概念が酷《ひど》く些細な問題なのが、このわたしなの』ってな」

「……そうですか。まあご随意になさってください」

水倉鍵は、こともあろうかこのぼくをあしらうようにそう言って、扉へと向かう——そして、ノブに手をかけた。どうやら本当に、この場から立ち去るつもりらしい。りすかとツナギがこの有様で、ぼくが魔法使いでない以上、水倉鍵がこの部屋に居続ける意味は、確かにない……むしろ結島愛媛にとっては、マイナスにしかならないからな……だが、しかし……と、いうことは、だ……。

「……やれやれ」

嘘ばかりついている水倉鍵だが——ぼくを甚振《いたぶ》るためだけにこんなことをしているわけではないというわけか……野郎、本当にこの状態から、ぼくと結島愛媛とを戦わそうとしてやがる……そうでなければこいつがこの部屋から出て行く意味がない。面倒臭いなどと言わず、ぼくら三人の死をきっちりと見届けるのが水倉鍵の仕事だろう。ふん——お前には口が裂けても、あるいはどんな虚言でも、お礼の言葉を言うつもりなんて更々ないが、それでも感謝だけはさせてもらうぜ……お前のその行動のお陰《かげ》で、ほんのわずかではあるが、確かな希望が持てた——

「……おい、鍵ちゃん」

「何ですか——供犠さん」

ノブに手をかけたまま、首だけで振り返る水倉鍵。その表情はやはり、緩《ゆる》んでいるそれだ。全てが計算通り、全てが思惑通りに進んでいることを確信している者特有の表情だった。

「鍵ちゃんは、勘違いしているぜ」

「……何を」

「強い仲間とか、弱い仲間とか……そういうのだよ。裏で糸を引くとか言っちゃって……、鍵ちゃんは気の合う仲間と仲良くやってるつもりなのかもしれないが——実際は、気に入らない仲間を次から次に切り捨てていってるだけだ。お前の周囲に残っているのは、ただの残り物さ」

「…………」

少し沈黙して、しかしそれもほんの一瞬のことでしかなく、水倉鍵はえへへと笑い

――ぼくを無視するように結島のほうを向いて、「結島。それでは任務の達成を祈っているよ。任務の失敗が確定したら――いつでも戻っておいで」と言い、それから一拍遅れのタイミングでぼくの言葉に対し、「たとえそうだったとしても」と言ってから、

「あなたに言われれちゃ、おしまいですね」

そう続けた。

「しかし余裕ですね、供犠さん。僕の抱かれたい相手第一位、供犠創貴さん。そんな雑談をしていられる状況だとでも――思っているんですか？」

★　★

確かに――雑談をしていられる状況では、全くない。どんなに理屈を捏《こ》ね回しても、水倉鍵がこの部屋から出て行ったところで、指先一つ動かすことのできないこのぼくにとっての戦況は、ちっとも芳《かんば》しくなったとは言えないのが現実だった。確かに、ぼくに勝機があるからこそ――あるいはぼくの勝利を期待しているからこそ、水倉鍵はここから立ち去ったのだろうが、それでも、このままではその可能性が天文学的に低い数字であることには違いがない。残り時間が三分だという鍵の言葉をそのま

ま鵜呑《うの》みにする必要はないが——どう考えても、その前後、プラマイ数分が、ぼくに残された時間の全てではあるはずだ。極端なことを言えば、どうして未だ自分が生きているのか、そんなことはぼくにだってわからないのだから——そうだ、たとえ目の前の敵……結島愛媛を、何らかの手段を用いて倒したところで、その勝利ではぼくがこのまま死ぬという決定事項を覆《くつがえ》すことはできないのだ。そういう地点まで、ぼくは既に追い詰められている。それは認めなければならない——それを認めなければ、もうどうすることもできない。勝って死ぬのか、負けて死ぬのか——行くも地獄、退《ひ》くも地獄。ならば不退転の覚悟で臨むしかあるまい。それだけのことだった。……そう言えば、『六人の魔法使い』の最初の一人、かの人飼無縁には、心停止にまで追い詰められたものだった——あれはあれで結構な苦境、結構な危機だったが、しかしそれでも今ほどではない……うん、今は、丁度《ちょうど》あのときの逆のシチュエーションということになるのか。心臓だけが無事で、四肢と胴体は最早使い物にならない——その心臓だって、いつまで動いてくれているのか知れたものではないが。この心臓が止まるまでが、ぼくにとってのタイムリミット——

「……ああ」

そうだ——この心臓は、ぼくのものじゃない。この心臓は——りすかの心臓なのだった。りすかの心臓……いつだったたか、りすかから譲り受けた、りすかの心臓……だからこそ、こんな状況でもこの心臓は動き続けている。どうして未だ自分が生きているのかわからない、だって？　ぼくは何を馬鹿《ばか》なことを言っているんだ。そんなことはわかりきっているじゃないか——人飼無縁のときと同じだ。この心臓が、あの頑張り屋さんの心臓だからじゃないか……それだけじゃない。りすかとツナギは、塔キリヤと結島愛媛の連携に、なすすべもなくああしてやられてしまっているが——その敗北に、決して意味がなかったわけじゃない。ああして彼女達が盾になってくれたからこそ——今こうして、ぼくに残り時間が生じている。これからの数分間がぼくのものだなんて、おこがましい。誰が何と言おうと——これからの数分間は、ぼくらの時間だ。

「ぐらすとん」

と——突然。突然としか言いようのないタイミングで——結島愛媛が、ここに来て初めて、口を開いた。水倉鍵が部屋を出て行き、彼とぼくとがこの部屋に残されて、ただにらみ合うような形で数十秒が経過した頃のことだった。低い声で、そう、それは、呪文《じゅもん》の詠唱——

「らいくら・よーとむ・づぃげるあ　らいくら・よーとむ・づぃげるあ　をををを・さり・さり・といけるま　くぃらいく・くぃらいと　くぃらいく・くぃらいと　めでぃさる・ぱーかい　らてぃすみ・ぱーかい　らいくら・よーとむ・づぃげるあ　らい

くら・よーとむ・づぃげるあ　ををを・さり・さり・といけるま　くぃらいく・くぃらいと　くぃらいく・くぃらいと　めでぃさる・ぱーかい　らてぃすみ・ぱーかい
――」

直立の姿勢のままで――淡々《たんたん》と詠唱を続ける結島愛媛。そんな彼の周囲に異変が生じる――見た目にわかりやすい、それは異変だった。直立不動の彼の周囲に――呪文の詠唱と共に、物質が創造されつつあった。徐々に、しかし芯のほうから確実に……それは、黒く、太い――杭だった。黒く、太く、そして恐らくは熱い、ぼくやツナギの身体を貫いているのと同じデザインの杭が――彼の周囲に形成されていく。それらはまるで彼の身体を取り囲むように、空中に浮いている――

「――らいくら・よーとむ・づぃげるあ　らいくら・よーとむ・づぃげるあ　ををを・さり・さり・といけるま　くぃらいく・くぃらいと　くぃらいく・くぃらいと　めでぃさる・ぱーかい　らてぃすみ・ぱーかい　らいくら・よーとむ・づぃげるあ　ををを・さり・さり・といけるま　くぃらいく・くぃらいと　くぃらいく・くぃらいと　めでぃさる・ぱーかい　らてぃすみ・ぱーかい――ぐらすとん」

結局、ややあって詠唱が終了するまでに、七本の杭が――現れた。杭の先端は七本とも、ぼくを向いていた――それはあたかも、発射を今か今かと待ち構えるミサイルのようだった。いや、この比喩はあまりに直喩的過ぎる。ようだったも何も、それはそうに違いないからだ。

「…………」

これがこいつの魔法……？　これが結島愛媛、『偶数屋敷』の魔法なのだとしたら……属性《パターン》と種類《カテゴリ》は、一体何だ……？　物質召喚……あるいは物質創造……いや、それはどうだろう、そのどちらかだとしても、杭が空中に浮いていることの説明にはならない。どうしても念動力的な要素を含んでいるということになってしまう……つまり、複合型の魔法使いということか？　だとすれば……駄目だ、情報が足りない。足りな過ぎる。ぼくがそう思い、結島愛媛の魔法をもう少し観察しようとしたところ、

「クギキズタカ」

と、向こうのほうから――声を掛けてきた。呪文を詠唱していたときと同じ、低い声……どうやら結島愛媛、この男、無口なわけでも寡黙なわけでもなく――ただ、物静かなだけであるらしい。しかし、無口であるよりも寡黙であるよりも、そちらのほうが更に厄介だと言えた。何故なら会話が成立したところで、それは、それだけでは――

「既に『名付け親《ネイミング》』から紹介された通り――俺は結島愛媛という。お待ちかねかどうかは知らんがな。称号は『偶数屋敷』、そして属性《パターン》は『熱』、種類《カテゴリ》は『反応』……

顕現《モーメント》は『化学変化』と言ったところだ。ふむ……こうして魔法が発動したのを受けて考えるに、『名付け親《ネイミング》』は本当にこの部屋から離れていったらしい。無責任というか奔放《ほんぽう》というか何というか——しかし、まあいい。そんなことは俺の任務とは何ら関係ないのだからな」

「…………」

「どうした？　クギキズタカ。もう死んでしまったのか？」

「別に……ぺらぺらとよく喋る奴だと思ってな。ひょっとして、さっきまでは喋りたくて喋りたくてうずうずしてたんじゃないのか？」

「俺は公平を期したいだけだ。どの道死にゆく運命だとは言っても、何もわからず何も知らないままに死んでいくのはあまりにも理不尽だろう。『名付け親《ネイミング》』にとってはあまり重要なことではないようだが、公平であるということは俺にとってはかなり重要なことなのだ」

「……ふうん」

公平、ね……敵に対して……それも、魔法使いから見れば『駄人間《だにんげん》』であるところのぼくに対して、使う言葉じゃないな……。しかしどうやら、しかもどうやら、この男、伊達や酔狂ではなく、皮肉や韜晦ではなく、本気でそう言っているようだった。

「生きているのなら、先に説明を済ませておくとしよう。中途半端で終わってしまえばそれこそ生殺しもいいところだ。メジャーであるとまでは言わないが、この手の魔法はあまりレアなものではないから、クギキズタカもひょっとしたら似たような魔法を知っているかもしれない……かつては『無』から『有』を作り出す高々度魔法として名を馳《は》せていたが、科学が進歩して解明されたその実態は、お粗末なものでな。大気中の物質を利用し化学反応を起こさせて、このような『杭』の形へとまとめる、ただの組み換え技術だ」

「大気中の物質――」

酸素……じゃないな。だとすれば、水分……『氷』なのか？　いや、違う、そうじゃない――この杭の正体が『氷』だとすれば、この熱さに説明がつかない……それに黒い氷というのも不自然な話だ。結島愛媛の言うことが本当だとするなら――

「……『炭素』、か」

空気中の二酸化炭素を分解し、酸素分子と炭素原子に分けてしまい、その上で炭素原子を結合させる――炭素が硬度10を誇るダイヤモンドを形成するということくらい、幼稚園児でも知っている。杭が黒いのは――だとすれば、表面を覆うすすというわけだ。

「伊達ではないな、クギキズタカ」結島愛媛は言う。「さすがに恐るべき考察力だ。『名付け親《ネイミング》』が貴様のことをあれだけ買うのもわかるような気がする。ただし、実際には他の不純物も混ざってしまうから、ダイヤモンドほどの硬度には至らないのだがな——勿論、杭以外の形を作ることも可能だが、この形が一番、便利なものでね」

「ああ——攻撃するのに、便利だろうと思うよ。空気抵抗を受けにくいからな」

そこまで話してもらえれば、結島愛媛の魔法のタネはほとんど見えたと言っていい——聞き出したというよりは教えてもらったみたいであんまり気分はよくないが、そんなことを言っている場合でもないだろう。つまり、杭が空中に浮いているのは、念動力とは全く違う自然現象——大気中で急激な化学変化を起こしたことにより生じている対流現象が、杭を下から上に持ち上げているのだ。大気によって支えられているのである。杭がこのように熱いのも化学変化による熱反応——『熱』。なるほど、必然的というわけだ。だからその反応を少しばかりいじくってやれば——

「このように」

空中の杭が——動いた。杭の後方で、何らかの反応を調整したのだ——その結果、激しい対流が起こった。そして、まさしくミサイルが発射されるように——杭は空気圧に押し出されるように、ぼくへと向かって飛んできた。

ざくんざくん——と、二本。

ぼくの顔を挟み込むように——左右の壁を、貫いた。深々と——根元の部分まで、突き刺さっている。この勢い——ぼくやツナギの細っちょろい身体なんて、全くもって、物の数ではなかっただろう。

「誤解するな。他人をなぶるのは趣味じゃない」

「……ああ、だろうな」

気圧の調整なんて酷く大雑把《おおざっぱ》なものを動力としている割に、随分と精密な射撃が可能なようだが……今のも結島愛媛の言うところの、公平を期するためという奴なのだろう。どのようにして自分が串刺しの滅多刺しになったのか知らしめるためのパフォーマンスだ。まあしかし、これに関しては、わざわざ実演してくれなくとも予想はついていたのだが、逆に助かったとも言える——結島愛媛に杭を二本、無駄遣いさせることに成功したのだから。ふむ……それに水倉鍵がこの部屋にいたときも、あいつの『魔法封じ』に関係なく、この杭が存在し続けていたわけもわかった——この杭は魔法現象ではなく、あくまでもただの杭でしかなかったからだ。魔法の結果生じた存在とは言え、ただの物理的な物理的存在でしかない。結島愛媛の魔法は、端的に言えば『杭を合成すること』、それに『発射すること』——なのだ。彼の周囲にふわふわと漂う杭の数は、残り五本。

「さて」と、結島愛媛は言った。「種明かしはこれで終わりだ——俺の魔法はただこれだけのものだ。『眼球倶楽部』のような『即効性』もないし『回転木馬』のような『不死身性』もない。『泥の底』の『完全性』もないし、『白き暗黒の埋没』の『隠密性』もない――はっきり言って、貴様らが言うところの『六人の魔法使い』の中でも一番の役立たずだろう。まともにやったら、水倉りすかにもツナギ様にも勝てやしなかったさ」

俺は『白き暗黒の埋没』のパートナーとして選出されたようなものだからな――と、結島愛媛は言った。どこまで本気で言っているのか……いや、これは……。

「俺は武闘派だからな。今『名付け親《ネイミング》』と貴様等の間で行われているような、こういう知恵比べの勝負は苦手なんだよ。『箱舟計画』には賛同するし、その礎《いしずえ》にも喜んでなろうが、ごちゃごちゃとまだるっこしい戦法には正直辟易《へきえき》している。敵をただ倒すだけのことに、どうしてここまでの手間と労力をかけなければならないのか、わからんよ」

「…………」

水倉鍵の言っていた、結島愛媛は武闘派だというあの謂《いい》は、どうやら本当だったということか……てっきり嘘だとばかり思っていたが……こうして実際にその魔法の発動と顕現《けんげん》を見せられてしまえば、そこに疑う余地はない。まあ、たまには本当のことも言わないと嘘の効力がなくなってしまうからな――そういうところも巧妙で、いちいち腹の立つ奴だ。しかし、今問題にすべきは、やはり水倉鍵のことじゃない——結島愛媛のことだ。こいつは、本当に違う——これまでの魔法使い達とは、一線を画している。『白き暗黒の埋没』、塔キリヤのパートナーとして選出されたと言っているし、それは水倉鍵がそう言ったのだろうし、結島愛媛自身もそう思っているのだろうけれど——そうじゃないことは明らかだった。結島愛媛が『六人の魔法使い』に選ばれた理由——それは、恐らくは、魔法使いにはありえないほどの——メンタルの強さだ。無口でも寡黙でもないその物静かさが、恐ろしくわかりやすい証左だった。通常、魔法使いは——これは生まれつきの魔法使いだけでなく、『人間』から『魔法』使いに成った者も含めてという意味だが——その特殊な能力ゆえに、例外なく増長する。それはりすかにしたってツナギにしたって例外ではない。何故ならその魔法によって自身の特異性が確立されるからだ——メジャーな魔法、レアな魔法、そういう分類こそあれど、厳密に言えば、自分と同じ魔法を使える者はこの世に一人もいないからである。それは単純な人間には想像もつかない境地だ——自分がたった一人の一人であること、その事実は人の心を増長させ、そして腐敗させる。人飼無縁も地球木霙も蠅村召香も塔キリヤも、これまで出会った全ての魔法使いがそうだった。だからこそ——そうだったからこそ、そこにつけいる隙があった。無力で無能力なただの人間であるこのぼく、供犠創貴のつけいる隙《すき》があった——メンタルの強さでのみ、ぼくは数々の魔法を、数々の魔法使いを、打ち破ってきたのだ。だがしかし、こいつは――

「……結島」

結島愛媛。こいつは――増長も腐敗もしていない。ただの人間であるこのぼくを――至極《しごく》当然のように、公平に見ている。こんな死にかけのぼくを目の前に――全く見下した態度を取ってこない。武闘派の自分の魔法を、大したことのない一能力に過ぎないと知っている――畜生。なんでこんな魔法使いがいるんだ。どうしてよりによってこんな奴が『六人の魔法使い』の最後の一人なんだ。普通の状態でもかなりの強敵になってしまうというのに、ましてこんな、身動きの取れない磔の状態で――

「理解はできたか？　クギキズタカ。……まあ俺がどう言ったところで、そんな滅多刺しのコンディションから公平も何もあったものじゃないが――『名付け親《ネイミング》』はそれを望んでいるようなのでな。あいつは嘘ばかりつくが、やりたいことだけをやる子供だ。つまり俺と貴様、お互いのこの立ち位置からでも、貴様が俺に勝つ可能性が残されていると考えているらしい――俺に任務達成の余地があると考えているらしい。そんなわかる奴にしかわからないような、境地の違う知恵比べ、俺にはさっぱり見当もつかないが――実際のところ、どうなんだ？　クギキズタカ。俺の魔法が十全に理解できたところで、俺に勝つ方法は思いついたのか？」

「……勝つ、方法……」

「思いつかないのなら——安心しろ、すぐに殺してやる。心臓を一突きで楽にしてやろう。……一足先にあの世に行って、水倉りすかとツナギ様と、三人で一緒に待っていろ。任務失敗の責任を取って、俺もすぐに後を追うさ。そのときこそ——本当に公平な勝負をしようではないか」

結島愛媛は——そんなことを言った。随分とまあ、格好いい台詞《せりふ》だが——しかし少しばかり、それは気が早いというものだ。

「……しかし……やれやれ」

何故ならば——思いついているからだ。ぼくは既に、この状況を切り抜ける策を……結島愛媛を打破するための策を、一つだけ、思いついているからだ。水倉鍵が言うように、百や二百とまではいかないが——この窮地を抜け出す策をたった一つだけ、思いついた。心臓を貫かれるなんて——りすかから貰った大事な心臓を貫かれるなんて、冗談じゃない。りすかが負け、ツナギが負け、ぼくも徹底的に磔けられながらも——まだこの状況を切り抜ける策は、ある。……だが、それにしたって、しかし、やれやれ——である。その策が成功するにしたって、相当の、そして相応のリスクを犯さねばならない……リスクを犯して、尚且つ不十分、不十二分。それに加えて、結島愛媛のこのメンタル……ただの人間が相手だというのに、決して油断をしないこの性格……、そして何より時間が……『時間』が、あまりにも足りな過ぎる。こうしている間にも、ぼくに残された時間は、一刻と、刻一刻と、経過しているのだ。大体のところは理解できたが、もしもほんの少しでも余裕があったなら、策の成功率を少しでも上げるために、結島愛媛の魔法についてもう二、三、確認しておきたいことがないでもないのだけれど――そんな雑談をしていられるような状況では、どうやら、ないらしかった。

★

★

「雑談をしていられるような状況じゃないが――しかし、結島愛媛。ぼくから貴様に訊《き》いておきたいことがあるんだがな」

「……なんだ、言ってみろ。冥途《めいど》の土産《みやげ》……いや、死に行く者への手向《たむ》け、か。大抵のことには答えてやろう」

「『箱舟計画』のことさ」

「ほう」結島愛媛は意外そうな顔をする。「『箱舟計画』か……しかし俺のような三下《さんした》では、知っていることに限りはあるが――まあ、知っている限りのことは教えてやろう」

「ありがたいね……」

言うまでもなく——今更『箱舟計画』について、知っておきたいことなど特にない……どうせそれはぼくがこれから中止に追い込む計画だ、その詳細《しょうさい》などどうでもいいといえばどうでもいい。少なくとも今しなくてはならないような話ではない。ぼくの策とも、直接的な関係は全くない……ただ、結島愛媛の興味を、他に逸《そ》らす必要があった、それに相応《ふさわ》しい話題は、ここではまずは『箱舟計画』しかなかったというだけのことだ。本来……というか、従来のパターンであれば、このようなフェイクを使う必要はまるでないのだが——それは敵が勝手に油断してくれるからであって、その二文字とは縁のない結島愛媛が相手となれば、ぼくも趣向を凝《こ》らす必要が出てくる。ふん……まさかこのぼくが、魔法使い相手にミスディレクションを使用する羽目《はめ》になるとはな……。誤誘導もまた馬鹿げた推理小説もさながらだが、今回ばかりはそういうことも言っていられない……。

「『箱舟計画』……簡単に言えば『魔法使い解放プロジェクト』。海を渡れない、生来的に閉じ込められた魔法使いを世界中に解放するための計画、ということだが……しかし、一体水倉神檎は何のためにそんなことをするんだ？」

「？　何のため、とは？」

「気持ちはわかるが、よく考えてみれば、よくよく考えてみれば、そんなこと、世界の有様を——地球の有様を変えてまでやることなのかって意味だよ……別に人口過多やら何やらで『魔法の王国』、長崎県だけじゃ魔法使いが住み切れなくなっているというわけでもないんだろう。今のままでも、バランスは取れているじゃないか。まさか京都へ観光に行きたいからってわけでもあるまいし」

「…………」

「それともまさか、貴様ら……人間を支配するつもりなのか？　地球上のどこへでも行くことを可能にし、世界を魔法使いで席巻《せっけん》するのが目的なのか？」

「……違う、だろうな」結島愛媛は答えた。「そんな単純な世界征服を、あのお方が考えているとは思えない……そもそもあのお方は、世界なんぞに興味はなかろう。大体、いくら魔法使いが一致団結したところで、世界を席巻することなど、できるわけがない。どんな魔法が使えようが、核を一発落とされればそれであっさりと蹴散《けち》らされるということは、既に歴史が証明している――生きた歴史であるそこのツナギ様がな」

「じゃあどうして――ということになる。そう言わざるを得ない」

言いながら――ぼくは策を進行させる。進行させるといっても、やること自体はほとんどないから、むしろこのミスディレクションのほうに本腰を入れておかなくてはならないのだが……ぼくはそっと、りすかを窺った。微動だにせずうつ伏せに倒れている、水倉りすかを。

「…………」

水倉りすかの魔法。『赤き時の魔女』、『魔法狩り』、水倉りすか――属性《パターン》は『水』、種類《カテゴリ》は『時間』の、運命干渉系の魔法……。その顕現《モーメント》は『時間操作』。体内の時間を操作できるとんでもない魔法――そして、彼女について特徴的なのは、その魔法の内容ではなく、その魔法の使用方法ということになるだろう。結島愛媛がりすかにだけは杭を刺すことができなかった理由がそこにある。りすかの魔法は――出血によって発動するのだ。意識があろうがなかろうが、杭を刺すだなんて、もしも実行すればとんでもないことである。神にして悪魔、全にして一、『ニャルラトテップ』水倉神檎が、全身全霊を込めて織り込んだ魔法式が――彼女の身体を流れる血液には、あますところなく刻み込まれているのだ。そしてまた、それだけではない。水倉神檎が自分の娘に対し、干渉をその程度で済ませるわけがない。その刻み込まれた魔法式で、水倉神檎は更に魔法陣を編《あ》んでいる――魔法式で魔法陣を編むという非常識――ある条件を満たせば問答無用で発動する、凶悪にして極悪な魔法陣を、編んでいる。それはりすかの魔法の限度を遥《はる》かに超えた魔法……究極の時間操作。精々数日、十数日程度の時間操作しかできないりすかを、一気に一息に、十七年分成長させてしまい――心身ともに二十七歳、全盛期のコンディションのりすかを現在に呼び出すという、途方もない魔法陣――その状態になったりすかは、はっきり言って極限以上である。ツナギのような魔法を使えでもしない限り、倒しようがない。無論、その状態になっていられるのは丁度一分だけだという限定条件はあるし、また同時に、満たすべきある条件の厳しさのこともあるけれど……それほどの『血』がりすかの身体を流れているという事実は、その仲間であるぼくからしても、戦慄を禁じ得ない。

「つまり、ぼくが考えるに、水倉神檎にとって『箱舟計画』はあくまでも表層的、あるいは副次的なものであって――本当の目的は別にあるんじゃないかってことなのさ」

「ふむ……俺はそんなこと、考えもしなかったがな。否、俺が考えるべきことじゃないというべきか……。さあね、わからんよ。『名付け親《ネイミング》』なら、何か知っているのかもしれないが――あれが本当のことを言うとは限らない」

「そりゃそうだ……」

　まあ、こちらも最初から結島愛媛がそこまで知っているとは思っていない……だからここで懸念すべきは……結島愛媛が果たしてぼくらの事情について、どこまで知っているか……どこまで聞かされているかという点だ。先ほど水倉鍵が結島愛媛の前で言及していたことを例に取り上げるまでもなく、りすかの『血』――魔法式や魔法陣のことは知っているとして……ならば、ぼくの身体の半分以上がりすかの血液で形成されていることは、知っているだろうか？　一年以上に及ぶ戦いの中、傷ついた身体を、ぼくはりすかの『血』によって、補修に次ぐ補修を重ねてきた……心臓がその最たるものだが、頭部以外のほとんどの組織を、ぼくはりすかに治療されてきたと言っていい。そのことを……結島愛媛は、水倉鍵を含む『六人の魔法使い』は、そして水倉神檎は、現時点で把握しているのだろうか……。知らないかもしれない……それに知っていたとしても大して重要視していないかもしれない……まして、この『公平』な精神を持つ結島愛媛からしてみれば、深く考えてはいないこと、なのか……？

「訊きたいことは、それだけか？」

「いや——ならばそうだな、貴様自身のことを訊きたいな」ぼくは、時間稼ぎを続ける。「『箱舟計画』の礎……『六人の魔法使い』。一体どういう経緯で、貴様は『六人の魔法使い』に入ろうと思ったんだ？」

「誘われたら、断れるわけがないだろう。相手はあの『ニャルラトテップ』なのだぞ？」

「だが——貴様にだって理由はあったはずだ」

他の者ならともかく——貴様になら。だからこそ、時間稼ぎとは言え——それを訊く意味はある。結島愛媛は「ふむ」と言った。

「それは、先刻も言ったよう、俺が武闘派の魔法使い——だからかな。クギキズタカ。貴様のような人間から見れば魔法使いは一枚岩の集団に思えるのかもしれないが、魔法使いには魔法使いのヒエラルキーがある……俺のような力押しの魔法使いは、評価がとても低い。はっきり言って使い道のない魔法だからな」

「…………」

「だからこそ『白き暗黒の埋没』のパートナーとしてであっても、俺を取り上げてくれるこの計画は——俺にとって悪い話ではなかったのさ」

「不遇の境遇から救い上げてくれる蜘蛛《くも》の糸だったとでも言うのか……？　しかしその糸はマリオネットの糸だぜ。鍵ちゃんの言い分を聞いてなかったのかよ。『六人の魔法使い』っていうのは、りすかを成長させるためだけの、哀れなかませ犬集団なんだぜ」

「それでいい」

迷う事無く、結島愛媛はそう言った。ふん——やれやれ、どんな生まれとどんな育ちを経験してきたのか知らないが——どうやらその辺りのコンプレックスが、今の結島愛媛の、魔法使いにあるまじきメンタルの強さの遠因になっているということか……。魔法はフィジカルではなくメンタルなものだ。それゆえにメンタルを崩せば魔法使いの突破は難しくない……だが、逆に言えば、メンタルが崩せないとなれば、その突破は非常に難解になってしまう。

「それでいい。それでいい。俺は操り人形でいい。あのお方や『名付け親《ネイミング》』の手繰る糸で操られる、マリオネットで構わない。どう死ぬかは自分で決めるさ——俺は戦士だ。時代遅れで時代外れの魔法使いだ、今風の連中に染まることはできない——だからこそ、全ての魔法使いのために礎となることは、吝《やぶさ》かではないのさ」

「一枚岩ではない、魔法使いのための魔法使いのためにか？」

「それでいい——のだ。貴様だってどう死ぬかは自分で決めるだろう？　クギキズタカ」

「いいや」

ぼくは即座に首を振った。

「ぼくが決めるのは、どう生きるかだけだ」

「…………」

「死に様なんざどうでもいい——ろくに生きてもいない内に死ぬわけにはいかないんだからな。死ぬその瞬間まで、ぼくは生き続けるのさ」

「ならば——俺のほうから、貴様に問おう」

結島愛媛は言った。

「貴様は一体、何がしたいんだ？」

……よし、食いついてきた。他力本願なイメージがあるからあまり使いたい言葉ではないのだが、ここではやはり、助かった——と、そう言わざるを得ないだろう。

『箱舟計画』の話だけじゃ時間稼ぎとしては足りなかったから、やむなく結島愛媛自身のことを訊きにかかったのだが、その話題を加えてもまだ不足だった——一応危惧《きぐ》していたことではあったのだが、結島愛媛が、そのためには物静かなキャラクター過ぎた。向こうのほうからぼくのことを訊いてきてくれれば、それなら幾らでも話すことができるのだ。時間稼ぎ……ぎりぎりまで引き延ばすことが……できる。だがしかし……それでもまだ、まだまだ——だ。

「それこそ、単純な世界征服を望んでいるわけではあるまい——そんな子供っぽいことを考えるようなタイプには見えない。これまで貴様が、どのように名だたる魔法使いを打破してきたか、それなりに伝え聞いているぞ——それほどの知恵を持つ貴様が、そんな幼稚《ようち》なことを夢想妄想しているとは思えない……」

「ぼくが考えているのは『みんなを幸せにする』——という、精々それだけのことだ。不幸な人間が多いのは、見るにも聞くにも堪えないからな」

「……それだけなのか?」

「さあ、どうだろう……しかし『箱舟計画』や『六人の魔法使い』、それに水倉神檎のことなんて、割とどうでもいいと考えているのは確かだぜ……貴様等が何を考えていたところで、ぼくにとってはそんなのは横断歩道の信号機みたいなものだ——所詮《しょせん》は通過すべきチェックポイントの一つでしかない」

「横断歩道でも——自動車とやらに轢《ひ》かれることはあるんだろう」

「そうだな」

「今がそうだ」

「それは——どうかな」

ぼくはにやりと不敵に笑う風を装って——頰《ほお》の内側の肉を、この間生え変わったばかりの犬歯で、強く、嚙んだ。ぶちっと、生々しい音が体内に響くが——どうだろう、その音は結島愛媛のところまで届いただろうか？　それとも届かなかっただろうか？　それはもう、運を天に任せるしかない……ともかく、思惑通り——犬歯の先が突き刺さった部分から、出血したらしいことを、ぼくは舌の先で確認する。どくどくと。どくどくと。

「魔法使い自体はどうでもいいが、魔法という概念は、うまく使えばぼくの野望に大いに役立ちそうだからな——ご存知の通り、りすかの目的は『父親探し』だが、それに協力し、こうして貴様等と戦っていることも、ぼくにとっては手段の一つに過ぎないのさ」

喋りつつ、唇《くちびる》の隙間から血が外に漏れないように心がける。ここまでことを運んできて、そんな凡ミスは最低だ。そんな凡ミスは不自然で、理不尽過ぎる。そんな凡ミスを犯せば、ぼくの策は、結島愛媛に瞬間で気取《けど》られてしまうだろう。……しかし、そうは言っても……、さすがに意識が限界を超えて朦朧《もうろう》としてきたような感じはあるな……。タイムオーバーを迎えてしまえば、策もへったくれも何もあったものじゃない……ぎりぎりまで粘るつもりだとは言っても、いざとなったら、そのときは――

「…………」

　ぼくの身体の半分以上はりすかの血液でできている――それは取りも直さず、ぼくの身体にはりすかの血液が流れているということだ。そう、魔法式がありったけ織り込まれた、水倉神檎特製の恐るべき赤き血液が――ならばあるいは、ここではこういう風な解釈も、あるいは可能になってくるのではないだろうか？　たとえりすかが負け、たとえりすかが死んでいたところで、ぼくの心臓が、りすかから貰ったこの心臓が動き続けているのと同様に――ぼくの血液の中でりすかの魔法式は生き続けているのだと。そしてそこまでを大前提と小前提として、それならば、その血液を結島愛媛に浴びせることができれば、三段論法の結論には、一体どんな答が導き出せる――？

「ふん……やれやれ、だ」

　まあしかし……それを実行するためには、この位置関係では、全然無理なんだよな……壁に磔けられたぼくと、その正面の、ベッドの上に直立不動の結島愛媛。口の中に溜まりつつあるこの血液を、行儀は悪いが吐きかけるとして、せめてベッドから降りて、ぼくの真ん前、一メートルくらいのところまで来てくれなければお話にならない。つまりぼくとしては――どうにかして結島愛媛をその位置まで、呼び寄せなければならないということになるわけだ。策、か……とは言えここは、白々しいくらいに見え見えな方法でも構わない……いやむしろ、より白々しいほうが、より見え見えなほうが、相応しいくらいだ。相手は既に乗ってきている――同じ土俵の上に、あえて公平であろうと、乗ってきている。ならば、それならば――

「……あ、あー――そ、れから、そう、そうだな、敢えて、敢えて言うなら――」

ぼくは途切れ途切れに――言った。いかにも意識が朦朧としている風を演じて――いや、意識が朦朧としているのは確かだから、殊更《ことさら》強いて演技をする必要などこれっぽっちもないのだが、それでも殊更強いて、過剰なほどに途切れ途切れに、そして小声で――訥々《とつとつ》と、言葉を紡《つむ》ぐ。

「ん？　聞こえないぞ」

と、それに反応する形で結島愛媛は、直立不動の姿勢を――ここで遂に、崩した。ベッドの上を――靴《くつ》のままで、こちらに向かって移動する。よかった……低い可能性ではあったがここで『一歩も動かない』ことが結島愛媛の魔法の発動条件に組み込まれているというパターンも考えられたからな……その場合は誤誘導を大幅に修正する必要があった。見れば空中を浮遊する五本の杭も、結島愛媛と一緒に、彼の付属物であるかのように、ふわふわと、動いている。対流を利用しているとは言え、どうやらほとんど自動操縦みたいなものらしい……そう言えば、杭を空中に形成するときにこそ呪文を唱えていたが、ミサイルよろしく発射するときにはその詠唱すら必要としていなかったな……つまり、そういうことなのか。ふん……しかしそれはぼくにとってはいいニュースの部類だ。結島愛媛はひょいっとベッドから飛び降りて、片足で着地する。もう少し近付いて来るかと思ったが、さすがにそこまではうまく運ばず、彼はそこで歩みを止めた。壁に磔けられたぼくからの距離は一メートルより五十センチ、向こう側……やや遠い……。いよいよとなれば仕方ないと諦めざるを得ない距離だが、まだ慌《あわ》てるには早い。まだぼくには時間は残されているはず——とは言え随分と消費してしまった。残り一分を切ったことは確かだろうが、しかしそれでもまだぼくは——生きている。

「敢えて言うなら——母親の存在があるのさ」

それ以上黙っているわけにもいかず、ぼくは小声のままで、そう続けた。

「母親？」

「ああ。母親と言っても、血は繋がっていない、継母なんだけれどね……そうそう、四番目の母親だったかな」

あんまり彼女のことを人に話したくはなかったが——仕方あるまい。嘘をついて切り抜けられるような場面ではない、言うべきことは言っておくときだ。ぼくの策が当たれば、そのときはこの話を聞いた結島愛媛は死んでいるし、ぼくの策が外れれば、そのときはこの話をしたぼくは死んでいる——どちらに転んでも話したことは損にはならない。それに……彼女の話でもしていない限り、最早いつ意識が飛んでもおかしくなかった。

「その人が予言したんだよ——ぼくはみんなを幸せにする、すっげー人物になるんだって、さ」

「……予言……だと？」

「そんなことを予言されちゃったら、仕方ないだろう——みんなを幸せにしてあげるしか、ないだろう。それがぼくの役割だって言うんだから——」

「お前の母親は——予言者だったのか？　未来を見通す、魔法使いだったとでも——」

「はは……予言の的中率は六十パーセントそこそこだったけどな……ここでぼくが死んじゃったら、その予言に関しては、四十パーセントの側だったたってことになるんだろうが——それでも」

ぼくは言った。

「親が子を思う気持ちは——百パーセントだろう」

「…………」

結島愛媛は、しばし思案するようにしてから、やけに神妙な口調で「その人は」と、言う。

「その人は今――どこで、何をしている」

「さあね――放蕩無頼《ほうとうぶらい》な父親に愛想をつかして、離婚しちゃって、それっきり、それっきり――それっきり、何だっただろう。あれ……自覚しているよりも残り時間が少ないのか、記憶が曖昧になってきている。彼女は――あの人は、あの人は今、どうしている？　ぼくに道を示してくれた、ぼくの指針であるあの人は――そうだ、ぼくは、ついさっきまで、あの人の夢を、見ていて――見ていて、そのとき、あの人から、何か、とても、とても大事なことを言われた――

「わすれても……おもいだせばいい」

「ふむ？　何を言っている。クギキズタカ」

「わすれても――わすれたら――」

ぼくは――ぼくは一体、何を忘れている？　何を、誰に、忘れさせられている？　ぼくの、何よりも誰よりも、大切な人のことを――

「おもいだせば、おもいだせば、おもいだせば、おもいだせば、おもいだせば、おもいだせば――いい。いい。いい。いい。いい。いい。いい」

「……ふむ。どうやら、限界のようだな」

肩を竦《すく》めるようにして、結島愛媛はそう言った。ちょっと待て、何を勝手に見限っている――誰の限界に、勝手に線を引いている。ぼくはまだ大丈夫だ、ぼくはまだ戦える、ぼくはまだ忘れている、ぼくはまだ思い出していない――

「せめてもの情けだ。貴様の母親の名前を、聞いておこう。任務失敗の責任を取らされる前に、可能であれば、クギキズタカ、貴様の最期を母親に伝えてやろうではないか。貴様は最期の最期まで勇敢に、魔法使い相手に一歩も退くことなく――見事に戦い、そして立派に散ったとな」

余計な世話だ、と思った。このぼくに情けをかけるなんて、思い上がりも甚《はなは》だしい――しかし、だが、ぼくは……どうしてだろう、結島愛媛のその台詞とは無関係に、無性に彼女の名を口にしたかった。彼女の名を、ぼくの声で自発的に、言いたかった。彼女のことを――呼びたかった。

「おりくち……きずな」

おかあさん。

「きずな、さん……」

ああ……駄目だ、思い出せない。大切なことをぼくは忘れている——いや違う。忘れているんじゃない——きっとぼくは、大切なものを失っているんだ。忘れたことは思い出せばいい……ならば失ったものは、どうすればいいいんだ？　見つければいいのか？　それならば、もしも、失ったどころじゃなく……奪われたのだとしたら？　取り戻すことは——できるのか……？

「オリクチ」

——と。

「オリクチキズナだと……？」

結島愛媛が——表情を変えた。目を剝《む》いてその低い声を——取り乱した風に、激しく荒らげる。

「クギキズタカ！　空中を漂う五本の杭も——心なし動きが乱れているように見えた。

「クギキズタカ！　貴様、今、オリクチキズナと言ったのか……!?　ならば貴様、まさかあの女の——あの魔法少女の息子——！」

「…………………………」

……？　なんだ？　こいつ……急に激昂《げっこう》したりして……一体、何を慌てている？

何か言っているようだが——よく聞こえない。よく聞こえないし、うまく認識できない。ぱくぱくと、さながら酸欠の金魚のように、口をただ動かしているだけのようにしか——音が遮断されているかのごとく、何も届かない。でも、こいつ、彼女の、あの人の、あの人の名前を聞いて、驚いているかのような……きずなが……どうかしたというのか？　きずなは、だって、ぼくの父親、供犠創嗣《きずつぐ》と、離婚した後――それが、それがりすかと出会う、ちょっと前のことで――

「…………………」

ああ。そんなことはどうでもいいじゃないか、今考えるようなことじゃない。それよりも見ろ。理由はさっぱりわからないが、なにやら取り乱したらしい結島愛媛が――こうも大胆にぼくに歩み寄ってきているじゃないか。一メートルどころか――つかみ掛からんばかりの間近にまで。なんだか知らないが、こんな幸運があるとは――計画とは違うが、これはこれで結果オーライだ。そう……丁度、ぼくの意識も、もう駄目だ。きずなの話をしたら、なんだか逆に、どっと疲れが増してしまった……脳がパルスを遮断したかのように、思考が阻害された感じだ。賭《か》けに出るならこのタイミングだ――それこそ、最期の最期で、しくじるわけにはいかない。最期の最期で、結島愛媛に、ぼくの策を気付かれるわけには――いかない。ミスディレクションはここまでだ――

「かはっ――――！」

ぼくは、口腔内《こうこうない》の、溜まりに溜まった生温い血を――吐き出した。血液は無数の細かい雫となって――結島愛媛の顔面に飛ぶ。赤い雫。ぼくの血。りすかの血。さっきの横断歩道の比喩ではないが、交通事故に遭《あ》う瞬間などに脳内麻薬が分泌《ぶんぴつ》されて、一瞬が一時間にも二時間にも感じるというあの現象――ぼくはこれまで何度か、その現象を体験してきているが、このとき体感した現象もまた、それだった。その瞬間――やはり、武闘派というだけのことはあるのだろう。取り乱していた結島愛媛はぼくの口から血が吐き出されたのを見るや否や、瞬く間に冷静さを取り戻し――表情から、焦燥《しょうそう》のそれを掻き消した。メンタルの強さ――凡百の魔法使いならばここで更に取り乱すのが通例なのに、そんな素振りを、結島愛媛は覗《のぞ》かせもしない。だが、冷静さを取り戻したところで、それではもう遅い――たとえば雨を避けることのできる人間がいるか？　オリンピックの金メダリストだってそんなことは不可能だ。反射神経にも限界はある。この距離で飛んでくる水滴をかわすことなんて、いかに結島愛媛が卓越したメンタルの持ち主であってもできるわけがない――が、しかし。しかしそもそも――結島愛媛はそんな回避行動を、取るまでもなかった。

無数の細かい雫が一滴残らず――蒸発した。

蒸発し、消失した。結島愛媛の――顔面の直前で。

「……属性《パターン》は『熱』だ、と言ったはずだ」

結島愛媛は——ゆっくりと、ぼくから一歩距離を取るようにしてから——静かにそう言った。ぼくの唇からは、今や止めようもないほどにとめどなく、赤い血が垂れ流しになっているが、そんなことには構いもせずに彼は続ける。

「この『杭』が攻撃用の武器だとすれば、俺の周囲の『空気』は防御用の武器さ……『空気』、『気圧』もまた俺の武器。この杭が浮いている理由を考えなかったわけでもなかろうに、随分と迂闊《うかつ》だったな、クギキズタカ。俺は周囲を『熱』で覆っている。『水』は『熱』で『蒸発《パターン》』する——小学生だって普通に知っていることだろう。水倉りすかの魔法の属性が『水』であることを、まさか俺が知らないとでも思っていたのか？」

「…………………」

「ついでに言うなら、貴様の身体の大半が水倉りすかの『血液』で構成されていることも俺は知っていた。いや、知っていたというよりは、忘れていたけれど思い出したというべきなのかな？ 貴様が笑うような振りをして、頬の内側を噛み切ったときに思い出したと、な——気付いていないとでも思ったのか？ 随分とご都合主義な考え方をするのだな——ご都合主義ならぬ独善主義か。そうそう貴様の思うようにはいかんよ」ひどく落胆したような口調で、結島愛媛は言った。「今のが貴様の切り札だったとはな。がっかりだよ、クギキズタカ。『箱舟計画』やら何やら、雑談に興じる風を装って何かを企《たく》んでいることくらいすぐにわかったが、公平を期するためにその雑談に付き合ってやったというのに、その程度の浅知恵しか浮かばなかったとは――『名付け親《ネイミング》』も一体貴様に何を期待していたんだか。ふむ、こうなると、オリクチキズナが貴様の母親だというあの言も、俺の気を引くための口から出任せの出鱈目《でたらめ》といったところか――そうだろうな、そんなはずがない。あり得ない。あの存在に、息子がいるなど考えられない――」

「…………？　今、何か……言ったか？」

「聞こえなかったのか？　そうか、今ので最後の力を振り絞ってしまったというわけか。全く、どうやら俺の任務は失敗で確定らしい。まあいいさ――無意味な死こそ、戦士の生命には相応しい。無意味な捨て石、無意味な礎と、俺はなろう。成り果てよう。『箱舟計画』はプランBのほうで動いてもらうとしよう――俺はどうやらここまでだ。だがクギキズタカ、いくら戦闘行為における策略とは言え、あの女の息子を名乗ったことだけは許せんな。それは許される罪ではない」

そして結島愛媛は、自身の周囲の五本の杭を、見遣った。黒く、太く、熱い五本の杭――今か今かと発射を待ち構える杭を、見遣った。

「……おい、結島――」

「黙れ、クギキズタカ。公平は既に、十分に期した。貴様にはもう命乞いをする時間も与えない。それともこの期《ご》に及んで、まだ雑談をしていられるような状況だとでも、勘違いしているのか――！」

★　★

「雑談をしていられるような状況じゃないのは――貴様のほうだよ、結島」

ぼくは言った。こんなこと、本当は言う必要はないのだが――しかしこれは、結島愛媛に対するぼくからの礼儀だった。メンタルの強い魔法使いがいるなんて、ぼくにとっては意外な盲点だったから――この程度のことは言っておいてあげなければならないだろう。実際のところ初めての経験かもしれない。殺すべき敵に対し、このぼくがここまでの敬意を覚えるだなんて……。もうちょっと早い時期に出会っていれば――そうでなくともこんな形で出会っていなければ、仲間に引き込みたいほどの魔法使いだったぜ、貴様は――

「……？　何を言っている、クギキズタカ……？」

それでも、ここまで言ってあげても、結島にはぼくの言っていることがわからないようだったが、しかしそんな結島愛媛でも――自分の背後で、

きちきちきちきち……、

と、そんな音がしたのを受けて――その瞬間、全てを察したようだった。考えるよりも先に本能的な動きで、彼はばっと後ろを振り向く。そしてそこにいたのは、そこに見えたのは、そこに両の足で立っていたのは――両の足でしっかりと、確固たる佇《たたず》まいで立っていたのは、そう、赤い髪に赤い服、カッターナイフを右手に持ち、ゆるやかにその刃を『きちきちきちきち……』『きちきちきちきち……』と出し入れしながら、赤い三角帽子を目深《まぶか》にかぶって、その表情は果たしてわからないが、しかし陰になった唇の部分は、にぃいっと、確かに満足そうに笑っている――『赤き時の魔女』。

「キズタカは……」

『赤き時の魔女』――水倉りすかは独り言を呟《つぶや》くように、ゆっくりと言った。

「わたしが挫《くじ》けたときも……わたしが逃げたときも……わたしが負けたときも……わたしが死んだときですらも――いつだって、それでもわたしを、信じて、待っていてくれる――」

くぃっと――左手で帽子のずれを直すりすか。意志の強そうな目が――赤い瞳《ひとみ》が、結島愛媛を睨《にら》んだ。いや、違う……結島愛媛の背後に見えるこのぼくを――見ているんだ。睨んでいるんじゃなくて、熱く――見詰めている。

「ありがとう――キズタカ」

「……礼には及ばない。当然のことを、したまでだ」

今やぼくの視界はほとんど霞《かすみ》がかかっているようだが――それでもりすかの赤は、よく映える。全身の骨を粉微塵《こなみじん》にされていたはずのシルエットは、完全無欠に元通りになっていた。あれだけの骨折がたかだか数日十数日、『時間』を『未来』に『省略』したところで回復するわけがないから――つい先頃会得したばかりの魔法を使った……つまり『時間』を『過去』に『省略』したというわけか。二時間か三時間くらい遡《さかのぼ》れば、あれだけの怪我を負わされるその前のコンディションへと『戻れ』るわけだから――ふん。やれやれ、それにしても本当に成長したな、りすか……『過去』に『跳ぶ』のにも、もう呪文の詠唱を必要としないか……。

「ば――馬鹿な！」

結島愛媛は――怒鳴った。

「ど、どうして『赤き時の魔女』が――こんなことはあり得ない！　水倉りすか！　俺は貴様にかすり傷一つつけていない――一滴の血も流させていないではないか！　それなのにどうして、貴様が『魔法』を使用できる!?」

「…………………」

りすかは——答えない。

「う、うう——さてはクギキズタカと同様に口の中を嚙み切って……い、いや、違う、そんなことはできないよう、『名付け親《ネイミング》』が口腔内に布をねじ込んでいた……はず……」

「ふうん……そんなことをしていたのか……まあ、どうせそれについては、何らかの手は打っているとは思っていたけれどな」似たような手口を過去に使ったこともあるしな——と、ぼくは言った。「まあ、どっちにしても、意識があろうがなかろうが一切合切関係なく、あの状態でできることじゃあないよな」

「で、では、どうして——どうして！　水倉りすかは出血さえさせなければ、どこまでもただの子供のはずなのに——」

「知恵比べが苦手だかなんだか知らないが、少しは考えろよ、結島愛媛。考えるのが苦手だからって、それが思考を放棄する理由にはならないんだぜ。出血は外傷を負ったときだけに起きる現象じゃないだろう」

「……!?　で、では、内出血——い、いや、まさか」

はっと——そこで結島愛媛は、気付いたようだった。口元を押さえて——戦慄したように、りすかに対し、瞠目する。

「『月経』……か！」

「あんまり大きな声で言わないで。恥ずかしいの」

　りすかは若干頬を赤くして、言った。

「初めてのことなんだから」

　性格に読めないところの多い、扱いづらいこの娘にしては、中々、それは随分と人間らしい反応だと思った。なんだかんだ言って、りすかも年頃の女の子だから……といったところか。

「しょ……『初潮』だと……？　『赤き時の魔女』……そんな現象がこのタイミングで……？」

「その通り」と、ぼくは言う。「『月経』、『生理』……まあ、なんでも構やしないんだが。りすかの体格から推察するに、経血の量は70cc前後くらいかな……初めてってこともあるからもうちょっと幅があるにしても、それでも『魔法式』を発動させるには十分な出血量だな。意識があろうがなかろうが、一切合切関係ない」

「……！　あり得ない！　ご都合主義も独善主義もいいところだ——この極限状況でそんな僥倖《ぎょうこう》が起こるなど！　そんな偶然が起こりうるなど、そんな奇跡が起こりうるなど——」

「偶然？　奇跡？　いやいや、そうでもないさ」

　りすかの身体が最近著《いちじる》しい成長を見せているということ自体は、本人から聞いていた――それに、ぼくにしても保健体育の授業で習っている。女子が初潮を経験する時期は、平均で十二歳前後。小学五年生のりすかは十歳、数え年なら十一歳だ。そしてこの手の上数に対して振れ幅の大きい平均値は下方修正する必要があるから、多くの者は小学五年生辺りで初めての月経を経験する計算になる。実際、ぼくが委員長を務める市立河野《かわの》小学校五年桜《さくら》組の女子の三分の一は、既に初潮を迎えている。それにりすかに限って言うならば、何度も何度も時間を『跳躍』し、精神年齢は十歳よりも相当数上がっているだろう。だから元々、彼女の肉体はいつ生理が起こってもおかしくないコンディションではあったのだ。それに加えて――月経とは、要するにホルモンバランスの問題である。極度の緊張状態や、強いストレスが肉体に掛かれば、より起こりやすくなる可能性は高い――全身の骨が粉微塵にされるなんて、それ以上の緊張状態、それ以上のストレスがあるかってものだろう。雑談も許されないほどの極限状況だからこそ――必然的に起こった僥倖だ。

「まあ、悪い風にバランスが崩れていたら一巻の終わりだったんだけれどな――それでもたった一つの勝機として、賭けてみるくらいの価値はあった。リスクを犯す価値はな」

「そ、それにせよ、天文学的とまでは言わないまでも、相当に低い確率のはずだ――決して賭けられるような可能性では――」

「だから可能性を上げるために、努力したさ。サイコロだって一回振るよりは十回振ったほうが、望む数字の出る確率は上がるだろう？　同じことさ。可能性を上げるために、ぼくは必死で時間稼ぎに勤《いそ》しませてもらった。それに、どう理屈を捏ね回したところで、結島愛媛、貴様がこの可能性に気付いてしまったらおしまいだからな。ミスディレクションの誤誘導——」

「…………っ、では、さっきのは——」

「ああ。雑談もフェイクなら血飛沫もフェイクだよ。水倉鍵ほどじゃないが、ぼくもそれなりに嘘つきなのさ。結島愛媛、貴様がぼくの身体にりすかの血が流れていることを知ってくれているかどうかが少しばかり不安だったが——どうやら知ってくれていたようで、ほっとしたもんだよ」

うまく気付かれるように口の中を噛み切ったり……策を順調に進めているかのように、結島愛媛を露骨にベッドの上から呼び寄せようとしたり……色々大変だった。結島愛媛の意識を、りすかからぼくに釘付けにし続けるために……。杭も使わず——釘付けに。

「ちなみにぼくの身体を流れるりすかの血は、確かに相応の魔力を持ってこそいるが、魔法式としては役に立たないんだよ。そもそもぼくが魔法使いじゃないからね。ぼくがぼくの血液を貴様に浴びせたところで、何の意味もないさ」

そうでなければ、昨日、水倉鍵に抱きつかれた時点で、あいつの『魔法封じ』で、ぼくは死んでしまっていただろう。そういう解釈が可能だというだけで、実際、世の中はそんなにうまくはいかない。その程度のことはとっくの昔に実験して、確かめ終わっていることだ。誘導した通りに、結島愛媛がそう解釈してくれて――本当によかった。

「な、なんだと……ならばそれこそが真のミスディレクション……だったとでも言うつもりか！」

「だからさっきからそう言ってるだろうが。貴様みたいな強靭《きょうじん》なメンタルの持ち主に、ミスディレクションが一つで足りるとは思っちゃいないさ。策は一つ、それを覆い隠す誤誘導は二つ……。それに確率の問題も、やはりある。悲しくなるくらいわずかな可能性だったとしても、時間を稼いで、引っ張って引っ張れば、それだけ、起こりうる可能性は跳ね上がるわけだしな」

「そ……そんな理屈で納得できるか！　クギキズタカ――ふざけるな！　ふざけるなよ！　貴様はただ待っていただけじゃないか！　偶然が起こるのを、奇跡が起こるのを、ただ待っていただけの癖に、貴様は一体何を偉そうに言って――」

「だったら」

りすかが、静かに、言った。

「あなたには、待てるの……？」

「………!?」

「死んでいるかもしれない者を、待てるの……？　自分も死ぬかもしれないのに、死ぬまでの間、死ぬその瞬間まで、ずっと、ただただ待つだけのことができるの……？　目に見えないくらいに低い確率を信じて、目を覆いたくなるくらいに低い確率を信じて、自分に残された時間《チップ》を全部、その出目に賭けることができるの……？　『お待ちかね』とか……『あの世で待っていろ』とか……色々好き勝手なことを言ってたみたいだけれど……あなたは誰かを待ったことが、一回でもあるの……？　待つことがどれだけ忍耐を要することか……待つことが、どれだけの辛苦か……そんなことも知らずに——待っている人間が何もしていないみたいなその言い方……図々しいにも思い上がりにもほどがあるの……」

『きちきちきちきち……』と、カッターナイフの刃をむき出しにし——りすかはその切っ先を、結島愛媛に突きつけた。そして——怒号の言葉を口にする。

「待てないい者に、奇跡が起こるわけないだろう！」

「……く、うおおおおおおおおっ！」

結島愛媛の周囲を漂う五本の杭が――発射された。やれやれ、だ……ようやく……ようやく、これでようやく、結島愛媛というこの魔法使いのメンタルを崩すことができた……まあ、無理からぬことだ。奇跡を目の前にして冷静にいられる奴など、そうそういるものじゃない――だがしかし、それにしたっていささか愚かってものじゃないのかい？『偶数屋敷』、結島愛媛――りすかに一滴の血も流させてはならないということは、貴様はよくよく認識しているはずだったろうに――

「あっ！」

気付いたようだが――もう遅い。オートパイロットの杭が、この状況で停まるわけもない。魔力ではなく、物理的な空気圧で発射された五本の杭が、この状況で停まるわけもなく――一本残らず、それらはりすかに着弾した。顔面に、心臓に、右肩に、左肩に、腹筋に、上半身をぶっ飛ばさんばかりに。生じた風圧で三角帽子が天井にまで吹っ飛んで、りすかの小さな肉体が粉々の肉片と化して、部屋中に飛び散る――

りすかの血が、部屋中に飛び散る。

ば、ば、ばちゃ……ばちゃばちゃばちゃばちゃばちゃばちゃばちゃばちゃばちゃばち、ばちゃばちゃ――と、噴水のように、否、堤防が決壊したダムのように、赤い血が――暴発する。赤い、赤い、赤い、赤い、赤い、赤い、赤い、赤い、赤い、赤い、赤い、赤い、赤い、赤い、赤い、赤い、赤い、赤い血が——黒い杭を蹂躙《じゅうりん》する。満たしたのだ——満たされたのだ。水倉神檎によってりすかの血液に織り込まれた、魔法式で形成された魔法陣が、発動するためのある条件が、満たされたのだ。それは大量出血を伴う、水倉りすか自身の死——

「う、うお……ぐらすとん！　らいくら・よーとむ・づいげるあ　らいくら・よーとむ・づいげるあ　ををを・さり・さり・といけるま　くぃらいく・くぃらいと　くいらいく・くぃらいと　めでぃさる・ぱーかい　らてぃすみ・ぱーかい——」

焦燥に満ちた表情で、慌てて呪文の詠唱を開始する結島愛媛——それは無駄な抵抗、無駄な足掻きとも言えたし、武闘派の魔法使いであるがゆえに、そんなことは本人が一番よくわかっているだろうが……まあ、無駄な抵抗、無駄な足掻きについてどうこういう資格は、今日のところのぼくにはないから……、好きにやらせてやることにしよう。見れば結島愛媛は、どうやら杭を作ろうとしているのではないようだった。形成しようとしているのは杭ではなく『鎧』——自身の肉体の周囲を取り囲むように、黒い鎧を装着していく——そう言えば、杭以外の形も作ることができると言っていたか……『熱』の『空気』による防御だけでは足りないと見たか？　しかし——そんな鎧でも、まだ足りないぜ。『水』のカッターは……ダイヤモンドだって切断するのだから——そうこうしている内にも、順調に、部屋の全てが赤く染まっていく。赤い渦巻きが、赤い竜巻が、赤いぐるぐるが、部屋中を容赦なく圧巻し、席巻する。混沌のように這い寄って、秩序のように集合し、全てを飲み込む魔女の赤——

「なんでだろうな……このホテルにチェックインするときにその姿にはちゃんと会っているはずなのに、ぼくはどうしてか、今、お前に対してとてもこう言いたい気分だよ、りすか——」

最早、余力を残しておく必要はない。最早、脚を残しておく必要はない。ここでこそぼくは、最後の力を振り絞って、言った。そのために残しておいた——最後の時間だ。

「……久し振り」

『ま　っ　た　く　だ　ね！』

渦巻く血から——声がした。

『のんきり・のんきり・まぐなあど　ろいきすろいきすろい・きしがぁるきしがぁず、のんきり・のんきり・まぐなあど　ろいきすろいきすろい・きしがぁるきしがぁず、まるさこる・まるさこり・かいぎりな　る・りおち・りおち・りそな・ろいと・ろいと・まいと・かなぐいる　かがかき・きかがか　にゃもま・にゃもなぎ　どいかいく・どいかいく・まいるず・まいるす　にゃもむ・にゃもめ——』

『――にゃるら！』

部屋中に飛び散っていた血液が――一点に集中する。一点に集約する。それは結島愛媛のいる位置だった。赤い液体が、波となって大波となって彼を襲う――彼の肉体を押し潰さんばかりに、結島愛媛に向かって押し寄せていく。勿論その間も、結島愛媛は、何もせずにはいない。何もせずにはいられない。死ぬのをただ待つことなど――結島愛媛にできるわけもない。まずは『熱』の『空気』による防御がある。『水』を蒸発させる『熱』――しかしそんな防御は、この戦況下においてはまるで無意味だ。無意味以上の何でもない。『化学反応』によって起こるその『熱』が、果たしてどれほどのジュールなのか計算する気もないが……血飛沫程度ならばともかく、それはどうしたって、これだけ膨大な水量を蒸発させられるほどの熱量ではないだろう？　それに蒸発したって『水』は『水』――！　水は汲んでくればいいって、貴様も聞いていたはずだよな！　多少は血液を回避できたようだが、しかしそれは本当にそれだけで、あっという間に結島愛媛は極赤の鮮血の洪水に飲み込まれた。悲鳴すらも波の音に遮断されて聞こえない。血液の海に、結島愛媛は溺れ沈んで行く。もがけばもがくほど深みに嵌る――『鎧』もまた、何の意味もない。足りないどころか、意味がない。どこまでも無意味。永劫《えいごう》の血の海地獄に深く深く沈み行くための、重りとしての役割しか果たさない。気圧ならぬ水圧で——結島愛媛は潰れていく。『六人の魔法使い』最後の一人、武闘派の魔法使い『偶数屋敷』結島愛媛のあっけなくも哀れな最期は——溺死だった。

「結島。貴様は魔法使いにしては高潔な精神力の持ち主だったが——操り人形は操り人形だ。糸によって手繰られ、糸によって操られることをよしとする者の限界線が、そこにある。貴様等とは違う、ぼくとりすかの間にあるのは糸じゃない——」

それが今回の——勝利宣言の言葉だった。

「糸で絆《きずな》が、切れるものかよ」

「あはっ、——はは、——あは、は、は、は、は、は、は、は、は、は、は、は、は!」

そして彼女は——誕生する。登場する前から倒すべき敵を完膚なきまでに倒し尽くし、死体さえも欠片も残さず消滅させ、比喩表現ではなく本当に欠片も残さず消滅させ、自身の血肉の一部として取り込んでおいてから、いけしゃあしゃあと笑いながら——登場する。不定形の『水』が寄り集まって——人の形を形成した。十歳児のあの姿から十七年後の姿——十七年の時間を『省略』した、二十七歳の水倉りすか。背は高く、線は細く、しなやかな肉体。美しき風貌。赤い髪に赤い服——赤いベルトに赤いブーツ、赤い手袋に赤いマント、全身が燃え上がるようなボディーコンシャス。カッターナイフを片手に、五本の杭を打ち込まれたときの衝撃で吹っ飛んでいた三角帽子をひょいっと拾い上げ——軽くかぶる。ぶかぶかだったはずのそれは、不思議なほどぴったりのサイズで、彼女の頭にフィットした。

「やっほー、キズタカ」

場違いなほど明るい口調でそう言われて、ぼくもできることならばそれに対して明るい返事をしたいところだったが、しかしもう、さすがにそれだけの気力は……残されていなかった。りすかもそれにすぐに気付いてくれたようで、「おっとっと」なんてとぼけた風に、壁に磔けられっぱなしのぼくに近寄ってきて、「ちょっと痛いかもよ」と言うが早いか、そのカッターナイフを、目にも留まらぬ速度で、びゅんびゅんと振り回した。これぞ文字通りのウォーターカッター……ぼくを磔にする二十三本の杭が、それぞればらばらに寸断された。見事な手際で、その刃はぼくの肌にはかすりもしない。痛いかもなんて言うから、杭ではなくぼくの方を切るつもりなのかとひやりとしたものだが、なんだ、これなら痛くも痒くも——と思う隙こそあれ、ぼくを釘付けにする杭がばらばらになったため、ぼくの身体は支えを失い、当然のように空中を漂うことなどなく、当然のように万有引力の法則に従って、床へべちゃりと叩きつけられることになった。逆に意識が戻るほどに、痛かった。

「ぐ、ぐあ……」

「駄目駄目、立ち上がろうとしちゃ駄目だって、キズタカ。身体中穴だらけなんだから。そのまま仰向けに、大の字になって頂戴《ちょうだい》」

言いながら、カッターナイフの刃をそのまま、自分の腕へと向けるりすか——そしてそのまま、自分の手首を切り落とした。カッターナイフをベルトのホルスターに戻し、切り離された手のひらを反対の手で握手するように持ち、手首からとめどなく溢《あふ》れ出す血液と、腕からとめどなく溢れ出す血液とを、ぼくの身体に空いた二十三の穴へと、ぼたぼたと垂らした。血液が——結島愛媛の杭で穿《うが》たれた穴を埋めていく。

「全く、相変わらず無茶ばっかりするんだから」

りすかは言う。

「ていうか、初潮なんていう女の子の嬉《うれ》し恥ずかしを、敵を倒す武器にしないで欲しいの。一歩間違えばただの変態じゃない。本当、キズタカってデリカシーないんだから」

「悪かったよ——佐賀に帰ったら赤飯炊《た》いてやるから、勘弁しとけ」

「そういう言葉がデリカシーに欠けるって言ってるの」

「そうかい。女心と真心はよくわからないな」

「真心がわからないのは、いささか問題があるような気がするけれど……」

「ふん。やれやれ」

どうしようもなかった傷口が急速に塞《ふさ》がっていくのを感じつつ——ぼくは言う。

「それにしても……これでようやく『六人の魔法使い』の五人目までを倒したってわけだ……残るは『魔法封じ』の『人間』、水倉鍵……それにいよいよ水倉神檎のお出ましか……」

りすかとぼくの一年以上にも及ぶ長い戦いにも——そろそろ終止符が打たれようとしているのかもしれない。まだゴールが見えてきたとまでは言えないが、終局に差し掛かってきていることは確かだった。それを思うと……なんだか寂寞《せきばく》感が、ないでもないな。無論、結島愛媛に言った通り、ぼくにとっては『ニャルラトテップ』水倉神檎すらも通過点の一つ、フラグの一つにしか過ぎないのだけれど……しかし、水倉神檎と遭遇したとき——水倉りすかが一体どうするつもりなのか、そして遭遇したその後は一体どうするつもりなのか——それを考えるとなんだか……こういう時間もいつまでも続かないんだろうなと、そんな風に思ってしまう。忘れても思い出せばいい——失ったら見つければいい——奪われたら……奪われたら。

「はーい、治療終了！　しばらく動いちゃ駄目なの。おっと、ツナギさんも治してあげないとね。ツナギさん、まだ生きているかなー」

スキップするような軽やかな足取りでぼくから離れて、床に縫いつけられているツナギのほうへと移動する二十七歳のりすか。

「ん……生きてる生きてる。滅茶苦茶死んでるけど、かすかに生きてる。さすがは年季が違う、二千歳――ってあんまりそれは関係ないのか。でも、やっぱりたった一人の特選部隊というだけのことはあるのかな。よいしょっと」

りすかはツナギの顔を無理矢理起こすようにして、そしてツナギの口――『魔法封じ』の水倉鍵がいる間は消えていた額の口に、先ほど切断した自分の手のひらを放り込んだ。それから頭をがすが揺するようにして強引に咀嚼《そしやく》させ、その魔力を分解させる――その栄養を吸収させる。そうか、ツナギにとって二十七歳の状態のりすかの肉体っていうのは、これ以上ない『食事』だからな……生きてさえいれば、これで死ぬことはないだろう……ツナギの場合は意識さえ戻れば、りすかの『血』で埋めるまでもなく、傷口は『口』へと変換できるから……やれやれ、ほっとした。りすかもツナギも、そしてぼくも……数々の負けは経験したものの、誰一人死ぬことなく、誰一人欠けることなく、この地点にまで至れた――のだ。

「あとは……だから、水倉鍵か」

あの嘘つき野郎、ぼくが結島愛媛を打破すればそのときこそ、ぼくらを水倉神檎の下にまで案内するというようなことを言っていたけれど――そんな言、勿論信用できるわけもない。むしろツナギの意識が戻り次第、一刻も早くこの場から立ち去るのが、ぼくらにとっての正解だろう。赤飯を炊くかどうかはともかくとして、さっさと佐賀県に帰って、素早く城門管理委員会との連携を取り、即刻態勢を立て直さなければならない——昨日から、ほんの一日足らずであまりにも目まぐるしく、戦況が変わり過ぎた。夏休みに入って佐賀県を出立し、地球木霙、蠅村召香、塔キリヤ、結島愛媛、四人の魔法使いを打破するまでの間に——これだけのことが起こったのだ。終止符が近い予感はするが、その終止符が一体どんな終止符なのかまでは全くわからない。『名付け親《ネイミング》』水倉鍵が、そして『ニャルラトテップ』水倉神檎が——どのような布陣を敷いてぼくらを待ち構えているのか、全くの不明だ。いや……そもそも水倉神檎は、ぼくらを待ち構えてなんているのだろうか？　水倉神檎は魔法使いの中の魔法使いだ——『待つ』だなんて、そんな人間染《じ》みた行為ができるのだろうか……水倉神檎は奇跡を『待つ』タイプじゃない。何故なら、水倉神檎は奇跡を『起こす』側の存在だから——

「ねえ、キズタカ」

そんな風にぼくが思案を巡らしていると、りすかがぼくの視界の中に戻ってきた。ツナギに対する処置が終わったところで、何か軽口を叩きにきたのかと思ったが、どうだろう、なんだか困惑したような表情を作っている。十歳児のときならばともかく、二十七歳の姿のときに浮かべる表情としては、それは非常にレアなものだった。

「あの……えっと、ちょっと」

「？　どうしたよ、りすか。……まさかツナギに何かあったのか？」

「ん……、そうじゃなくって……ツナギさんは大丈夫なんだけど、わたしが……ね」

「はい？」

「元に戻れないの」

「…………………………………………………………………………………………は？」

……

あれ。

「――あれ？」

そう言えば……そう言われてみれば、一分はとっくに経ったぞ？　二十三の傷口も塞がって、この落ち着いたコンディションなら、もう脳内麻薬は分泌されていないだろう、ぼくの体内時計は正確を期して作動しているはずだ――結島愛媛を溺死させた辺りからカウントして……ぼくの治療にも結構時間がかかっていたから――現時点で既に八十秒が経過している。りすかが二十七歳の姿でいられるのは問答無用に一分間――それ以上でもなくそれ以下でもなく、きっちり六十秒のはず……それなのに、ぼくの身体をまたぐように立っているこのりすかは、どう見ても二十七歳の――大人の、りすか……。

「ど、どうしよう、キズタカ……」

「どうしようったって……」

……て言うか……冷静になってみれば、このりすかの性格もちょっとおかしくないか？　意識がぼやけていたから今まで気にならなかったけれど……二十七歳のりすかといえば、もっと好戦的でもっと嗜虐《しぎゃく》的な、攻撃的で暴力的なキャラクターのはずだ。無論あくまで未来は可変だから、『変身』する度にそれなりのブレがあるにしろ……それでも今のりすかからは、横暴で乱暴な、傍若無人《ぼうじゃくぶじん》を文章に書いたような、あの不遜《ふそん》な態度をほとんど感じない……。丸いというか、何というか……いや、これは言うなれば、十歳のりすかがそのまま、そのままの性格で、そのままの明るさで二十七歳になったようにも……。

「………き、キズタカ……」

「その顔とその身体で泣きそうな顔すんなよ……」

「で、でもこの格好……なんだか頭からっぽのぱっぱらぱーみたいで恥ずかしいの……」

「未来の自分を否定するな……」

えっと……ちょっと待てよ？　ちょっと待て……、冷静に考えてみれば……『箱舟計画』っていうのは、水倉りすかの『促成栽培』を目的としたプロジェクトなんだったよな？　『促成栽培』……つまりは『成長』、それは『成長』を意味する。それを前提として、更に考えを深めれば……『月経』というのは男子にはない、女の子だけのわかりやすい成長のしるしだから……そうだ……水倉神檎が、どうして自分の子供を男の子ではなく女の子にしたのか——という話になってくるのか？　水倉神檎ほどの存在になれば、子供の性別くらい自由自在に選べただろうに……『魔法使い』……『魔女』……魔法使いはどうして魔法少女でなければならなかったのか——十歳というりすかの年齢……。第二次性徴《せいちょう》……『成長』ならぬ『性徴』……いや、でも、まさか……だからと言ってそれは元に戻れない直接的な理由には……そうだ、それにキャラクターのことは……性格は脳の物理的な構造だから——違う、仮にその解釈が間違っていたとすれば——

「水倉鍵——ゲーム……」

クリア条件をあらかじめ用意しておいて、ぼくらを解答へと導くように魔法使いをけしかける——それが水倉鍵のやり方だった。影谷蛇之《かげたにへびゆき》のときもそうだったし、蠅村召香のときもそうだった。そしてその結果、きっちりと水倉鍵は、水倉りすかを『成長』させてきた。かませ犬を巧妙にかませて、りすかの成長に一役も二役も買ってきた。では、塔キリヤと結島愛媛をけしかけた今回のバトルの場合は——いや、しかし……いくらなんでもそこまでは……、ぼくだって、もしも他に選択肢が一つでもあれば、賭けたくないどころか、考えたくもないような可能性だぞ……!? 無論、それしか考えられる可能性がなかったのは事実とは言え……、しかし、もしもことの真相が、い、い、い、い、い、い、い、い、い、い、い、い、い、いぼくの考えている通りのものだとすれば——こんなの手のひらの上なんてものじゃない——こんなのまるで——

予言じゃないか。

そのとき——廊下の奥の方向から、扉がゆっくりと開く音がした。まさか結島愛媛が倒されたのを感じ取って、早くも水倉鍵が戻ってきたのか——それは幾らなんでも神出鬼没過ぎるだろうと、慌ててぼくは身体を起こす。まずい、まだ治療された部分が、十全にはなじんでいない——だが、部屋に這入《はい》ってきたのは水倉鍵ではなかった。這入ってきたのは、奇抜なデザインの学生服に、赤い髪の、両腕に包帯《ほうたい》を巻いた背の高い男——

「ちょっとばかり遅かったようなのが俺としたことだ——じゃあ、ないな。俺としたことがちょっとばかり遅かったようだな、だ」

水倉神檎の甥《おい》——水倉りすかの従兄《いとこ》、『迫害にして博愛の悪魔』、水倉破記《はき》だった。

ぼくに『六人の魔法使い』のことを教えた男。水倉破記は二十七歳のりすかと、まだ意識の戻らないツナギと、それからぼくを順番に見て——包帯まみれの手でくるくると回していたカードキーを学生服の胸のポケットに仕舞い、それから後ろ手に、扉を静かに閉めた。

「…………やれやれ」

今更、何をしに来たのか知らないが。

雑談をしていられる状況では、なさそうだった。

《Problem Set》is Q.E.D.

To be continued.

第十一話　将来の夢物語!!!

「きみ達はこの場から逃げたほうがいいのが一刻も早くだ——じゃあ、ないな。一刻も早く、きみ達はこの場から逃げたほうがいい、だ」唐突に部屋に現れた奇抜なデザインの学生服の、赤い髪に両腕包帯《ほうたい》の魔法使い、つまるところの水倉破記《みずくらはき》は、再会の挨拶《あいさつ》もそこそこに、リアクションを決めあぐねるぼく達三人に、そう言い放った。「今このときにも、りすかの覚醒《かくせい》を知った長崎県民が、大挙してこのホテルに向かっている真っ最中だ。『六人の魔法使い』、どころじゃない。その数、少なく見積もっても六十六万六千六百六十六人。『六十六万六千六百六十六人の魔法使い』だ。既にその大半が『城門』を越えている。俺がこうして先着できたのは、俺の魔法の種類《カテゴリ》が『運命』だったからに他《ほか》ならない。供犠創貴《くぎきずたか》くん、いくらきみが卓抜した十歳児であろうとも、太刀打ちできたものじゃない」

太刀打ちできたものじゃないは余計だし、そもそもこの『迫害にして博愛の悪魔』からの忠告はすべて余計であり、言わせてもらえれば、言うまでもなく、言われるま

でもない。ぼくは水倉破記にくるりと背を向けて、

「距離を取るぞ」

と言った。『赤き時の魔女』水倉りすかと、ぼく達と同い年の十歳児に見えて、その実二千歳児の、城門管理委員会の設立者、『たった一人の特選部隊』こと繋場《つなぎば》いたちに。

「たかが六十六万六千六百六十六人の魔法使いごときから逃げはしないが、しかしいったんここから離れよう」

「距離を取る？　おやおや、俺からの忠告に従いたくないのはわかるけれど、それは逃げるとどう違うんだい？」

背後から聞こえてくる声は無視する。

「そうね、異論はないわ。だけどタカくん、問題は、どうやってこのホテルから逃げ——距離を取るかよね？　塔《とう》キリヤや結島愛媛《ゆいしまえひめ》の封じ込めから辛くも脱したとは言っても、このバトルの様子も、敵から見張られていたことに違いはないんでしょうし。水倉鍵《かぎ》だっけ？　あの子に——」

「ちょ、ちょっと待つの、キズタカ。そしてツナギさん。またたく間に話を進めないで。まだわたしの肉体に起きた問題が、一個も解決していないの」

即座にぼくに応じたツナギに対し、りすかがおたおたしながら主張する。これでは

どちらが、付き合いの長いパートナーなのかわからない。彼女にとっては従兄《いとこ》にあたる水倉破記に対して、救いを求めるような視線を向けるところまで含めてだ。ぼくに嫉妬《しっと》させようという魂胆か？

「りすか。申し訳ないが生理用品を買いに行っている暇はないんだ。どうしてもと言うのであれば、バスルームにハンドタオルがあったから――」

「最低」「最低」

女子二名から罵倒《ばとう》された。なんだ、問題になっているのは生理痛のほうだったか？　だとすれば、小旅行の必需品として、痛み止めくらいは持ってきているので、譲るのはやぶさかではない。

「じゃなくって！　十歳児であるわたしの身体《からだ》が、二十七歳のまま元に戻らない問題を放ったまま、逃走計画を練らないでって言ってるの！　わたしのアイデンティティである王国訛《なま》りも消えちゃったままなの！」

「ああ、なんだ。そのことか。てっきり、ぼくが何か重大な事実を見落としていたのかと焦ったよ」

「じゅ、重大なの！　これ以上なく重大なの！」

「見た目は二十代じゃないかしら」

ツナギが混ぜっ返すようなことを言う。さすがキャリアが長いだけあって、逆境を脱した直後に訪れたこのピンチにも、そこまで動じた様子がない……、ただし、りすかは正しい。敵の策略によって――たわけた促成栽培によって、十歳の魔法少女の水倉りすかが、二十七歳の魔法使いと化した状態がタイムリミットを過ぎても維持されている現状は、極めて重く受け止めなければならない――なぜならば。

「なぜならば、だからこそぼく達は、この逼迫《ひっぱく》した苦境を脱することができるんだから。相手が策略を巡らすならば、ぼくはそれを逆手《さかて》に取るだけだ。りすかが二十七歳の姿のままでいてくれるからこそ、ぼく達はここから距離を取れるんだから――厳密に言うなら、取るのは『距離』ではなく『時間』だが」

「じ、時間？　じ――わたしには時間なんて概念は酷《ひど》く些《さ》細《さい》な問題なの」

『魔法の王国』の方言がすっかり抜けて、なんだか普通の台詞《せりふ》に成り下がっているものの、りすかがかろうじてアイデンティティを維持しようと、いつもの口癖《くちぐせ》を挟んだものの――その言葉は、この場ではいつも以上の意味を持つ。

「そういうことかい。供犠創貴くん、つまりきみは、二十七歳の、成長し切った熟《う》れ熟《う》れの『赤き時の魔女』の魔力を使って――」

意図を察したらしい水倉破記が言いかけるが、先に言わせるわけにはいかない。従兄が駆けつけて来ようと、軍勢が駆けつけてこようと、この場を取り仕切っているのは依然としてこのぼく、『魔法使い』使いの、供犠創貴なのだから。

「十七年後の未来に撤退する。否、進行する。2020年まで」

それは侵攻でも、あるいは信仰でもある。

★　★

十歳児モードのりすかの魔法は、それはそれは恐るべき魔法であり、ぼくをして感動させたものだったが、その『時間』の魔法は、あくまでも身体の内側《うちがわ》にのみ作用する超常現象だった。わかりやすく言うと、自身の年齢、またはコンディションを操作するものであり、呪文《じゅもん》で書き換えられるのは個人情報の域を出ず、テレポートじみた技術にしても、あくまで『自分の時間』を操っているに過ぎない。『未来』に進むにせよ、あるいは『過去』に戻るにせよ、だ。なのでその用途は極めて限定的であり、ある意味ではリミッターがかかっていた――そのリミッターから完全に解き放たれた状態が、二十七歳モードの水倉りすかだ。これまではそんな解放されたモードで彼女が活動できるのは、わずか一分だった。六十秒である。敵を殺すくらいしか、しかもひとりかふたり、殺すくらいにしか使いようのない短時間……だが、ぼくは常に考えていた。仮定の話、もしもそんなぶっち切りの限定解除を、永続できたなら？　果たしてその永続は、永久は、どのような可能性に繋《つな》がるだろう――見えてくる戦術が一変する。世界さえも一変する。そう、今までは不可能だと思われていたタイムワープだって――しかも、複数人でのタイムワープだって可視化される。

「十七年後っていうのは、最大限って意味だ。りすかのそのぱっぱらぱーな格好が二十七歳であるのなら、少なくとも２０２０年までは、この世界は存在しているはずだから」

「ぱっぱらぱーな格好って、人から言われると傷つくの……」

ぱっぱらぱーかどうかはともかく、大人びた格好のままでしゅんとされると、やりにくくはあるな。これまでのような凶悪で狂乱で勝ち気でやる気なキャラクター性が影《かげ》を潜めているのは、ありがたくはあるものの……、十歳のりすかの性格のまま大人になると言うのも、決していいことではないようだ。やはり人間、成長しないと。魔法少女も同様に、だ。

「質問、タカくん。その『時間旅行』って、私《わたし》もご一緒できるのかしら？　タカくんは、その身体を何度となくりすかちゃんの血液で修復しているから、これまでもりすかちゃんの『移動』に同行できるのはわかっているけれど。同行と言うか、『同着』かしら」

「確かに、ぼくの身体は半分以上りすかのものだ。だからこそこれまで、催行人数二名の『テレポート』にも引っ付いて行けたわけだが、二十七歳の『赤き時の魔女』の魔法は桁外《けたはず》れだよ。そんな細かなマッチングテストは必要ない……、血液型の微細な違いなんてシカトできる」

あえて言うなら、ツナギはそれこそ何度となく、りすかの『肉』を『食べて』、自身のエネルギーに変えているので、ある程度の適応性はあるんじゃないだろうか？　実際、ついさっきもそうやって、回復したわけだし……。従兄である水倉破記に関しては、いちいち言及するまでもなかろう。

「いちいち刺々《とげとげ》しいのが、ブレーキングニュースをもたらした俺に対して——じゃあ、ないな。ブレーキングニュースをもたらした俺に対して、いちいち刺々しいね、だ。だがまあいいや。どうせもちろん、緊急避難的に、緊急に避難するだけってわけじゃあないんだろうね？」

「当たり前だ。ぼくを誰だと思っている？」

無視し続けるのも大人げないかと思い、ぼくは水倉破記を振り向いた。

「貴様などとはものが違うぞ。単にこの場を切り抜けただけじゃあ無意味も極まる。だったら高速バスで佐賀に帰って夏休みの宿題でもしていたほうがよっぽどマシだ。己ではなく朝顔でも育てるさ。貴様のチンケな想像力を働かせてみな、十七年後に移動するというルートが、いったいどんな戦略的意味合いを持つのか」

「キズタカ、わたしの従兄に対して口が悪いの……」

「無視のほうがマシじゃないかしら？」

「二人称が『貴様』の十歳児っていうのが、もうね……。抜け目のないきみの考えることなんて、俺のチンケな想像力の外側《そとがわ》だよ。そうでなければ、俺はとっくに、きみからりすかを引き離すことに成功していた」

ふん、説明しろと言うのか。この時間のないときに――いや、そう、時間なんて些細な問題だ。問題どころか、この場合は解答である。

「いいか、よく聞け、貴様等」

「いよいよ私達のことも『貴様』って言い始めたけど……」

「ツナギさん、組合を作って決起しましょうよ。ガツンと言われなきゃわからないんですよ、キズタカは」

ここに来て足並みが乱れかけているのはよくないことだった。ある意味で揃《そろ》っているとも言えるが、ぼくの支配者、もとい、指揮官としての能力が試されている局面である。

「『六人の魔法使い』とのこれまでの戦いが出来レースだったとは思いたくない。幾度も殺されかけたし、命からがら切り抜けたとは言え、楽勝だったバトルなんてひとつもなかった——だが、ここまでの連勝が、水倉鍵にとっては、ひいては水倉神檎《しんご》にとっては、すべてりすかに促成栽培を施すための方策だったとするのなら、ぼく達は『ニャルラトテップ』の演出で踊っていたようなものだ」

そのことはまあいい。忸怩《じくじ》たる思いではあるが、そんな『予言』めいた手の打ちかたが、今のぼくの発想へとダイレクトに繋がっていることも、また確かなのだから。

「『予言』——つまりは『未来視』。ならばこちらも同じことをすればいい。否、同じ以上のことをだ。何せ、実際に未来をこの目で見てこようと言うのだから、これ以上の『未来視』はない。文字通りだ。あの人だってここまでの魔法は——」

「あの人？」

りすかが首を傾《かし》げたが、ん、ぼくは誰のことを言おうとしたんだっけ？『未来視』の魔法使いとの比較を語ろうとしたつもりだったが——放念してしまった。やはり立て続けの連戦が響いているのか、本調子じゃないな、まだ。

「だから『過去』に戻るんじゃなくて、『未来』へ進むってわけかしら。２０２０年の、未来の知見を取り入れた上で、態勢を立て直して、現代に戻ってくるって寸法なのね。悪くないんじゃないかしら」

最年長者であり、数々の魔法を相手取ってきたツナギからそう太鼓判を押してもらえるのであれば心強い——が、その一方でりすかは不安げだった。単純に、肉体年齢と精神年齢の均衡が取れず、不安と言うより不安定になっているだけかもしれない。

「十七年後の未来から、最先端の科学技術を仕入れようって腹積もりなの……？　どうかな、科学技術は、ＰＨＳで頭打ちだと思うの。これ、トランシーバーにもなるんだよ？」

「科学技術に限らないさ。極端な話、明日の天気が百パーセントわかるだけでも、戦略は大きく変化する——社会情勢、経済状況、地球環境、宇宙開発。未来に関する知識が増えれば増えるほど、可能性は広がる」

「だけど、それは相手も同じなんじゃないの？　ここまで見透かしたような作戦ばかりとってきた流れを考えれば、長崎からの軍勢は、未来まで追いかけてくるかもしれないの……、結果、敵が未来を知ってしまえば」

「その追跡が不可能であることは、りすかが一番よくわかっているだろう。なぜなら、『時間』の魔法は、父親である水倉神檎が、自身が所有する六百六十六の魔法の中から、『称号』ごと、娘に譲り渡した魔法なのだから——逆に言えば現在の水倉神檎は、いかに『万能』であろうとも、『時間』の魔法だけは有していないということになる」

　もっとも、このロジックには、ぼく自身、不安がないわけでもない——敵の思考を逆手に取っているようでいて、これはある意味、相手から譲られた武器で戦っているようなものでもある。この追い詰められた状況で、唯一の脱出口が『未来』だという一種の『出来過ぎ』が、水倉鍵の戦略でない保証はない——腹の探り合いであり、先の読み合い。未来の覗《のぞ》き合いすら、奴の計画通りだとすると——いや、こうやって足を止めてしまうのが、もっとも駄目だ。たとえ選択の余地がないときでも、選ぶときの態度は決められる。渋々《しぶしぶ》剣を取るのか？　それとも、決め顔で剣を取るのか？

「……最後にひとつだけ、質問なの」と、りすかは尚且《なおか》つ、続けた。この辺の、意外と慎重な性格も、十歳児のままだ——二十七歳の大胆さはない。それはいいことなのか、どうか。「キズタカは未来が今よりも進んでいて、だから未来の技術、のみならず知識を獲得することで優位に立てるって決めつけているけれど、そうとは限らないの。未来は衰退しているかもしれないし、失われているかもしれないの。長崎に限らず……、いざタイムワープしてみたら、すっ飛ばした十七年の間に、新たなる核が落とされていた、なんてことも」

「核……」

ツナギが意味深に復唱する……、すべての魔法使いにとって、それは二度とあってはならないことだが、にもかかわらず、確かにありえなくはないか。水倉破記の言うように、既に水倉神檎の率いる魔法軍が、一斉に動き出していると言うのであれば……、一斉に片付けたいと考える急進的な勢力があっても不思議ではない。十七年後に飛んでみれば、草一本生《は》えていない荒れ果てた荒野なんて展開は御免被《こうむ》りたいところだが、それぱっかりは、移動してみないとわからない。本来、未来は不可視なのだから。

「さっきも言ったけれど、少なくとも『水倉りすか』の十七年後の姿が、そうやってここにある以上、十七年後に人類が滅亡しているということはない……、んだと、思いたいね。滅んだ世界でただ一人、りすかがサバイバルしているのでない限り。保証としてはやや薄弱だが、しかし根拠にはなるはずだ」

なので、十七年後という数字は、最大限の未来であり、またぎりぎりのラインでもある。それをオーバーしてしまうと、未来には何の保証も、展望もない。そちらはたまたまではあるが、きりがよくもあるしな……、２０２０という西暦は。平成で言うと三十二年になるとは言え。

「まとまったようなのが、どうやら議論だね──じゃ、ないな。どうやら議論は、まとまったようだね、だ」水倉破記がぱんと手を鳴らした──包帯を巻いている手なので、そんなにいい音は響かなかった。「俺からもひとついいかな？」

「駄目だ」

「何なの？　お兄ちゃん」

即座に拒絶したぼくだったが、二十七歳のりすかが引っ繰り返してきた──そう言えば、『お兄ちゃん』って呼んでいるんだったな、従兄のことを。

「何、大したことじゃない。供犠創貴くんは、そんなつっけんどんな態度を取りながらも、血縁だから大丈夫だろうと、当たり前みたいに俺をタイムワープのメンバーに含めてくれていたけれど、そのお誘いは謹んで辞退させていただくよ。俺はこの部屋に残って――この現代に残って、六十六万六千六百六十六人の魔法軍を食い止める。未来へは、将来のある子供達だけで行ってくれ」

★　　★

「えぐなむ・えぐなむ・かーとるく　か・いかいさ・むら・とるまるひ――えぐなむ・えぐなむ・かーとるく　か・いかいさ・むら・とるまるく――」

呪文の詠唱を開始するりすか――二十七歳の魔力があれば、不要と言っていい工程ではあったけれど、なんだかんだ言っても十七年後で、しかもこれまでにない催行人数三名での時間旅行である。念には念を入れたいし、入れ過ぎるということもなかろう。ましてこれは、水倉破記が稼いでくれる『時間』なのだから、節約して使わないわけにはいかない。

「えぐなむ・えぐなむ・かーとるく　か・いかいさ・むら・とるまるひ――えぐなむ・えぐなむ・かーとるく　か・いかいさ・むら・とるまるく――」

誰かが現代に残るべきなんじゃ、というセーフティネット、否、ダメージコントロールは、実のところぼくも考えた。いくら未来を知ったところで、その間の現代を把握できないのでは、結局、知っていることと知らないことがとんとんになりかねないのだから――だが、その役割を担える者はこの場にはいないと判断した。あまりにもリスクの高いポジションだし、四人でも不可能な戦いを、一人で背負うことになるのだから。『たった一人の特選部隊』ことツナギにさえ、任せられない死地である。

「えぐなむ・えぐなむ・かーとるく　か・いかいさ・むら・とるまるひ――えぐなむ・えぐなむ・かーとるく　か・いかいさ・むら・とるまるく――」

「俺を悪い知らせを届けるためだけの配役だと思ってほしくはないな」水倉破記は、状況には不釣り合いなほどに澄ましてそう言った――水のように澄んで、血のように澄んで。「ここぞとばかりにセンチメンタルな気分に浸っているわけでもない。俺はね、親父《おやじ》にできなかったことがしたいんだよ。天才の弟と自分を比較して、陰々《いんいん》滅々《めつめつ》、鬱屈《うつくつ》するしかなかった卑小な親父を、超えるんだ。乗り越えるんじゃなく、飛び越える。大海を飛び越えようとしているりすかに比べて、えらく小さな水たまりではあるけれどね」

水倉破記の父親は、実の弟である水倉神檎に殺されたのだったか——劣等感の挙句に、禁呪に手を出して。

「りすか、そんな目で俺を見なくていい。これが俺の役割なんだ——これが俺の運命なんだ。いつかこうなることはわかっていた。この運命にだけは、どんな魔法使いも干渉できない。だけど不運だなんて思っていない。むしろとてもラッキーなことなんだよ。俺みたいな奴に活躍の場が与えられるなんてね」

「えぐなむ・えぐなむ・かーとるく・か・いかいさ・むら・とるまるひ——えぐなむ・えぐなむ・かーとるく　か・いかいさ・むら・とるまるく——」

実際、自己犠牲ではないし、至って合理的な判断でもあるのだろう——奴なりに勝算があるに違いないとも思う。あるいはぼく達に同行するよりも、単独で現代に残ったほうが己の生存率が高いと見なしているのかもしれない。いずれにせよ、ぼくが水倉破記の立場であれば、おそらく同じことをする。根拠があろうとなかろうと。それゆえに止められない――止める言葉を持たない。赤い涙を流すりすかが『お兄ちゃん』に別れのハグをする様子も、ひたすら見守るしかなかった。拳《こぶし》を握り、ひたすら見守るしか。二十七歳の大人が高校生くらいの少年に泣きながら抱きつくという奇妙な絵面ではあったが、片時も目を逸《そ》らすことはできなかった。

「えぐなむ・えぐなむ・かーとるく　か・いかいさ・むら・とるまるひ――えぐなむ・えぐなむ・かーとるく　か・いかいさ・むら・とるまるく――」

ただ決意を新たにしただけだ。こんな湿っぽい別離のシーンを滑稽《こっけい》な茶番にするためにも、十七年後の２０２０年から使える道具を、便利な知識を、役立つ新事実を、更なる兵器を、あるいは夢のある未来そのものを、ありったけ簒奪《さんだつ》してくると。

★　　★

とりあえず十七年後に世界が、少なくとも福岡《ふくおか》県博多《はかた》市が滅んでいるというようなことはなかった――ぼく達三人が宿泊していたキャンドルシティ博多の名門ホテルの一室に、大きな変化は見られない。極めて清潔に保たれている。まあ実際には、連戦に次ぐ連戦で、予約したこの部屋には一泊もできなかったわけだが……、危惧《きぐ》された滅亡が回避されたのはよかったけれど、これでは却《かえ》って、本当に十七年後の未来に来たのか、確信が持てないな。ただし、その疑いはすぐに払拭《ふっしょく》された。日時を確認するためにニュース番組でも見ようと部屋のテレビをつけたものの、番組の内容以前に、その画面の鮮やかさに、少なくともここが『現代』ではないことは明らかにされた——これが噂《うわさ》に聞いていた、地上デジタル放送って奴か。

「このままザッピングを続ければ、ある程度の時勢もわかりそうなものだけれど——人気の芸能人とか、今週のヒットチャートとかね——、チェックアウトタイムを十七年ほど過ぎているから、さっさとこの部屋から出たほうがよさそうだな」

「そうね。早速、手分けして情報収集って感じかしら？　本来は十七年前の九州でやりたかったことだけれど……、りすかちゃんはすぐに動いて大丈夫？　お疲れじゃない？」

「平気なの。魔力は溢《あふ》れている。むしろじっとしてると落ち着かない感じなの」

じっとしていられないのは、魔力に溢れているからと言うより、従兄との別離の直後だからじゃないかとも思ったが、それでも気丈にそう言ってのけるのは大したものだ。タイムワープは成功しても、実際のところ、いつまで『未来』に滞在できるのかは不明確である――促成栽培されたりすかの二十七歳モードが、いつまで維持されるのかが不明であるのと同様に。今この瞬間にも、りすかがＰＯＮ！　と十歳に戻り、ぼく達三人が『現代』へと強制送還される展開も、大いにありうる。なので情報収集は迅速におこなったほうがいいに決まっている。ちなみに、テレビの右下に表示されていた時刻は（なぜ右下？　左上では？）、午後二時……、十七年前の夜中から十七年後の昼間に移動してきた形か。りすかが気を利かせて調整したのかどうかはわからないが、半日ほどの誤差が生じたのは、むしろありがたいかな。

「何の基準にもならないけれど、とりあえず夕方までの三時間ほど、おのおのフィールドワークをおこなってみようか。目安としては、ぼくは現代文化・現代風俗について、ツナギは城門管理委員会絡み――つまり現代の魔法対策について、りすかは現代の『魔法の王国』そのものについて、実地調査をおこなうことにしよう」

運がよければ、ディナーを取りながら調査の結果を報告しあえるだろう。緊急事態が起こったら、その都度、ＰＨＳで連絡を取り合えばいいだけのことだ。

「キズタカ、分担やプランに文句はないんだけれど、何か羽織《はお》るものとかないの？　こんな格好で往来を出歩きたくないの。一生引きこもっていたいの」

不登校の小学生が、大人になっても引きこもりだなんて、念入りだ……、言ってしまえば、露出度は十歳の頃のファッションセンスと、そう変わらないだろうに。

「二十七歳になって十歳の頃と同じファッションセンスだったら、もっと問題が深刻なの。引きこもりより問題なの。社会問題なの」

「大丈夫よ、きっと。未来じゃ大人もみんな、そんな格好してるって。金色の全身タイツじゃなくて」

「早く出発したいからって、適当なことを言わないでください、ツナギさん」

「はいはい。じゃ、私の上着を貸したげるわよ。りすかちゃん、大人になってもスレンダーでスタイルいいし、子供服でも着られるでしょ」

ツナギの服は全身だぼだぼなので（それはそれで、どういうファッションセンスなのだ）、りすかじゃなくても着られるだろう……、思わぬ形でチームワークが発揮された。

「こういうの『ワンチーム』って言うらしいわよ。さっきやってたテレビ番組の情報だけれど。アメリカンフットボールの用語だったかしら」

ユニフォーム交換ならサッカーだとも思うが、まあ、りすかの服をツナギが着るわけでもないので（もちろんツナギは、だぼだぼの上着の下にインナーを着ている）、なんでもいい。既にきびきび動き始めてくれているのは、頼もしい限りだ——りすかのメンタルがやや頼りない分、それこそワンチームで挑みたいところなのだから。

「うん。ぴったりなの。ありがとうございます、ツナギさん」

ツナギの上着をやや無理矢理に着用して（緞帳《どんちょう》みたいだったドレープがぴんと伸びてひとつもなくなっている）、りすかはご満悦だった――正直、服と着手《きて》がいいところを殺し合って、果てしなくダサくなっているが、それを指摘している場合でもない。未来のファッションセンスに賭《か》けよう。２０２０年はオーバーサイズの子供服をピチピチに着用するのがトレンド。差し色は赤。

★　★

ふたりと別れて博多の街に繰り出したぼくが、まず取った行動は、書店に向かうことだった――奇抜なプランで意表を突くのも嫌いじゃないが、ここはオーソドックスに、情報収集の基本を徹底しよう。書店は現代文化の集合点だ。『今』を表すすべてがそこに集まっている――未来の情報を総浚《そうざら》いするにはうってつけのマーケットである。平積みにされた新発売の本だけでなく、十七年前から十七年後に至るまで、いったいどんな本が売れ続けているのか？　そんな情報も興味深い。さすがに陳列されているすべての本を読んでいる余裕はないが、行く道の書店を細大漏らさず十軒もうろつき回れば、２０２０年を半分把握したと言っても過言ではあるまい。

「……あれ？」

だが、この散策はすぐに行き詰まった。ホテルの部屋と同様、少なくとも博多の街に、戸惑うほどの大きな変化があったわけではない――荒野と化してはいないし、また、チューブの中を自動車が走ってもいない。道路を走るクルマの音が静かになっていることは、あるいは変化と捉《とら》えてもいいのだろう……おそらく電気自動車が普及したのだと予想できる。だがそれは地上デジタル放送と同じく既定路線で、驚くにはあたらない。懸念だったファッションセンスも、目を剝くほどに独自の進化を遂げている様子はなさそうだ……、そういう意味では、ちょっと拍子抜《ひょうしぬ》けとも言える十七年後の世界である。しかし……。

「本屋さんが……、ない？　だと？」

行けども行けども、町中に書店らしき店舗を発見できない。ぼくの地元である河野《かわの》市だって適当に歩いていれば書店くらい発見できたものなのに、ましてここは巨大都市、博多市だぞ？　人によっちゃあ、日本の真の首都とまで言うメガロポリスだ――なのに書店が一軒も見当たらない？　いったいこの十七年の間に、日本に何があった。焚書《ふんしょ》か？

「畜生……、地図帳を買いたいところだが、購入しようにも本屋がない……、現在地を表示できる片手サイズの小さなモニターでもあればいいのに……」

いきなり遭難してしまった、未来の大都会で。いや、落ち着け。いくらなんでも書店が一軒もないということはないはずだ……、図書館を探すことも考えたが（どこかの学校に忍び込めば、図書室くらいはあるだろう）、時と言うより時代をくるあの施設は書店に比べてどうしても現代性に欠ける——ぼくは今、歴史を調べたいわけじゃないからな。そのタイムラグは、この局面では致命的になりかねない。あまり好きな行為ではなかったが、道行く者に道を訊《き》くしかなさそうだ。ぼくは未来人の中から、『親切そうに見えるからかな、よく道を尋《たず》ねられるんだ』と自己評価していそうな人物を選別して、声をかけた。

「本屋？　本屋ってなんだっけ……、聞いたことはあるんだけれど。もしかして文房具屋さんのこと？　端《はし》っこのほうで紙の束《たば》のようなものを見た憶《おぼ》えがある」

「本ならコンビニで売ってるよ。それに通販か……、私は電子書籍かな？」

「感心だね、夏休みの自由研究かい？　その歳《とし》で古代文明をテーマにするなんて恐れ入った。ならば本屋よりも古本屋を探したほうがいい」

「あのタピオカ屋さんが、以前、本屋だったはずだよ。漫画しか置いてなかったけども。本棚も、今はディスプレイって呼ばれているから」

「焚書ならちょっと前に試みたこともあったそうだけれど、焼くほどの冊数が集まらなかったっていう噂だよ。焚《た》こうとしたら燻《くすぶ》っちゃったって。ところでそのスニーカー、ビンテージモデル？」

……書店に辿《たど》り着《つ》く前に、現代文化・現代風俗が馬脚を顕《あらわ》して来たな。スニーカーは現役のブームなのに、本が過去の文明になりつつあるのか……、靴より本のほうが大事だろう？　文字情報に拘泥せず、そろそろアプローチを変えたほうがいいんじゃないかと考慮し始めたときに、ようやく、

「本屋さんとな？　ほっほっほ。好事家《こうずか》の集うサロンなら、駅のショッピングモールにござるよ。書店が書店のみで存在するのは、厳しい時代ゆえにのう」

との証言を得た。最初からお年寄りに訊けばよかったのか。お年寄りはついでに、と言うか脈絡なく、今現在、東京でオリンピックが開催されていることも教えてくれた。

「小僧、おぬしはどの国の選手を応援しておる？　儂《わし》は前の冬季以来、フィンランド推しなんじゃ」

……オリンピックって今、そんな感じなの？　平和の祭典として、理念的にはすごく正しいし、また、オリンピックが開催されているというのは、ぼくにとっては有益な情報だ。オリンピック——つまり五輪は五大陸を表しているわけで、２０２０年の段階では、イコールで水倉神檎による大陸統一はなされていないということなのだから。『箱舟計画』——パンゲア計画は、達成されていない。計画の肝である、促成栽培された水倉りすかが十七年後の世界へと脱出したのだから、当然と言えば当然だが

……。ぼくはお年寄りに礼を言って、アドバイス通りに駅を目指した。時間が限られていることを思えば市バスに乗ってもいい距離ではあったが、こうなると町並みから『書店がない』以外の情報も仕入れたかったので、徒歩を選択した。新しくできたものなら気付きやすいけれど、しかし、失われたものは見落としがちだ。しかし、それにしても……。

「……みんな、一体全体何を持ってるんだ？」

町並みよりも行き交う人波のほうが気に掛かった……、誰も彼も、薄くて固そうな板みたいな物体を手に歩行している。外国人観光客が、その板を掲げてポーズを取り合っているところから判断するに、デジタルカメラの進化形だろうか？　しかし、カメラを凝視しながら歩く理由が不明だ……、少数ながら、板を耳に当てて、ひとり喋《しゃべ》っている者もいるようなので、どうやらＰＨＳの役割も兼ねていると見える。

「駅に行くのなら、書店だけじゃなく、家電量販店も見ておいたほうがよさそうだな——覚悟していたよりも、時代は進んでいるらしい」

平和の祭典が開催されているのと同様、それはいいことであるには違いなかった。とあるＳＦ作家いわく、行き過ぎた科学は魔法と区別がつかない。あるいはもしかすると、スーパー電子レンジなりマジカル空気清浄機なり、魔法を超える科学が、２０２０年に存在してくれているかもしれない——この調子なら、ＳＦ小説の現存よりは、遥《はる》かに望みがあるだろう。

★　★

「元号が変わっていた。裁判員裁判が導入されていた。イチローが引退していた。イギリスがEUを離脱していた。サブスクリプション、動画配信、ツイッター、インスタグラム、ライン、ブルートゥース。探査機はやぶさの帰還。投票年齢の引き下げ。冥王星《めいおうせい》が惑星から除外。待機児童、プライバシー。人間が将棋でもコンピューターに敗北した。キャッシュレス、基本無料、基本定額、シェアリングエコノミー、ガチャ、レンタル、応援上映、３Ｄプリンタ、ドローン。戦争、内紛、災害、公害、天災、人災、暴動、虐待、差別、増税、貧困。タピオカという芋が日本の主食になって、ＰＨＳは滅亡していた」

三時間後、待ち合わせ場所のファーストフード店で、ぼくはりすかとツナギに、書店で仕入れてきた情報を披露する――ＰＨＳが二年前（ぼく達にとっては十五年後）にその役割を終えていたことを思うと、こうして再集結できたことは、未来的には奇跡だ。

「探し当ててしまえば、本屋さんの機能は健在だったよ。帯の惹句《じゃっく》を見る限り、芥川《あくたがわ》賞や直木《なおき》賞も続いているようだし、それに、全国の書店が協力し合って、本屋大賞という賞が新設されていた。もう新設じゃあないのかな、立派に伝統か」

「よかった、それは素晴らしい試みじゃやない。私達には一切関係ない行事だとしても」と、なぜか急にスンとなるツナギ。「それに、『よかった』と感じるのはノスタルジィで、私達的には、もっと過激な変革が起きていてくれたほうがよかったのかしら?」

途中一瞬スンとなったものの、さすが二千年の歴史を生きているツナギの見解は、街並みが変わった程度の時代の変化に振り回されてはいなかった——ところで、りすかに上着を譲った彼女は、探索の間に、新たな上着を購入していた。やはりオーバーサイズのだぼだぼ服である。そうでないと、『牙《きば》』が生地《きじ》を噛《か》んじゃうという都合もあるのかもしれない。

「ファストファッションって言うそうよ。えらくお安く買えちゃった……、その他《ほか》、あちこちで買い物をした経験から言わせてもらえると、働く女性の姿が十七年前よりは増えた印象かしら?　どうやら女子の生理を小馬鹿《こばか》にしたら指揮官の座から引きずり下ろされる仕組みは構築されたみたいだから、精々《せいぜい》気をつけて、タカくん」

「小馬鹿にした憶えはないが……」

「そんな言い訳をしたら最後よ。記憶にないなんて、2020年代には一番言っちゃいけない言葉。その点、城門管理委員会は、創設以来とまでは言えないけれど、十七年前から広く女性に門戸を開いていたわ」

「椋井《むくい》むくろさんも女性だったね。亡くなったけど」

「うん。つまり、女性率同様に、殉職率も高い。そういう働きかたを、2020年ではブラックって言うらしいわ。まさか私が苦労して設立した組織が、十七年後に悪の組織と化していようとは……」

「じょ……女権拡張なんて……」

ツナギのは冗談めかしての台詞だったが、りすかはぶるぶる震えながら、ファーストフード店のテーブルで頭を抱えていた。なんなら従兄との別離のときよりも、がっくりと肩を落としている——二十七歳の姿で、ふたりの十歳児とファーストフード店で夕食というのは、ただでさえわけありの一家っぽいのに、その雰囲気をりすかの落胆が加速させている。

「そんなもののせいで……、そんなもののせいで……」

「フェミニズムを『そんなもの』呼ばわりしちゃ駄目なことくらい、ぼくの感覚でもわかるぞ」

「そんなもののせいで、わたしの大好きな大相撲《おおずもう》が興行停止にされるなんて……、す、相撲は神事なのに……」

床にめり込んでいきそうな落ち込みかたをしている。りすかが相撲を好きなのは、いつだったか聞いたことが、と言うか、聞かされたことがあったけれど、ここまでの入れ込みようだったとは――そう言えば、うきうきと九州場所を楽しみにしていたっけ。そのささやかな願いは完全に絶たれたわけだ。九州場所どころか、今や両国国技館は全面的に改装され、オリンピックの女子フェンシング会場として使用されているらしい――女人が全身を衣服で覆《おお》って武器を使い、勝敗が機械で判定される、大相撲と真逆の競技だ。

「あー、なー……。相撲協会も、わたしを会長にしておいてくれればなー……」

「魔法少女が会長になるようなら、男女平等も完成だよ。でも、ぼくが本屋さんで立ち読みしてきた情報によれば、土俵への女人禁制とは関係なく、蔓延《まんえん》する体罰や暴力、行き過ぎた上下関係、果ては無気力相撲絡みで廃止に追い込まれたそうだけれど」

「あら。私がインターネットで調べたところじゃ、故意にBMI値を増大させた男性に未成年の頃からお尻《しり》を丸出しにした下着姿で取っ組み合いをさせて見世物にするなんてけしからんと言う、むしろ男権を救済するための停止措置だって話だったけれど」

……、ふむ。これがフェイクニュースって奴かしら」

ワールドワイドウェブでの情報入手は容易になったみたいだけれど、その意味じゃ書店で調査をしたタカくんが二重の意味で正解でしょうね、とツナギは言った。説としては、ツナギの説が一番興味深くはあるが、まあそれも、フェイクニュースの特徴なのだろう。エコーチェンバー現象……、だっけ？　しかし、『魔法の王国』についての調査を担当したはずのりすかが、なぜ大相撲の趨勢《すうせい》をリサーチしてきているんだ。趣味に走り過ぎだろう。

「情報の洪水も善《よ》し悪《あ》しね。てっきり十七年前が過渡期と思ってたけど、それどころか。もっと苦労するかって懸念は杞憂《きゆう》だったわ、なにせ今必要じゃない情報も、向こうからがんがん入ってくるもの。そのうち、自分が何を調べていたんだかわからなくなっちゃうわ……、一応、城門管理委員会は、今も存続しているみたいだけれど。ブラックさも多少は緩和されたみたいで」

「コンタクトが取れたってこと？」

「取れなくもなかったけれど、それは控《ひか》えておいた。タイムパラドックスが起きてもなんだしね……、城門管理委員会があるってことは、つまり『城門』がまだあるってことでしょ。つまりまだ水倉神檎の目標は達成されていないってことでしょ。それが判明した時点で、ひとまず撤退したわ」

しかし、それは事態が好転もしていないという意味でもある。佐賀県と長崎県を隔《へだ》てる『城門』が、十七年後も変わらず、そこにあり続けていると言うのは……。

「ちなみにタカくんの言っていたオリンピックだけれど、東京だけじゃなくて札幌《さっぽろ》でもおこなわれているみたい。ヒートアイランドの影響で。今日は曇天《どんてん》だからそれほどでもないみたいだけれど、今日本って、とんでもなく暑いらしいわよ。北海道《ほっかいどう》以外、全都府県が沖縄、みたいな感じで。五大陸どころか、一都市にもまとまれていないわ――ワンチームにはほど遠く」

「ふん。本屋さんを知っていただけあって、あのお年寄りはあまり一般的じゃない、変わり者のレアケースだったみたいだな」

「でも、これはせめてもの朗報なんだけれど、２０２０年代はタカくんみたいな方針のリーダーが増えているみたい。時代が来てるわよ」

「とても手放しでは喜べないの……」りすかが失礼なコメントを出した。「手放しで喜べないと言えば、『魔法の王国』は、相変わらずという感じだったの……、時代に逆行と言うか、十七年前よりも守旧的になったみたいなの。鎖国とまではいかないにせよ……、『反時代的に』なのか、その逆なのかはわからないけれど、情報がことごとく分断されていて、遠方からじゃ手に入りづらかったの。だからついつい、大相撲の大騒動に引き込まれてしまったの」

「ついつい、じゃないよ」

「ごめんなさい。謝罪会見を開くの。まだ捜査中だしプライバシーにかかわるし個別の案件だから今は詳細はお話しできないし該当記事も読んでいないけれど、誤解させお騒がせしたことを道義的責任のある秘書が深くお詫《わ》びするの」

俯《うつむ》いたまま、猪口才《ちょこざい》にも現代の風習に合わせてきやがる。誰だよ、お前の秘書。チエンバリンか？　ま、『記憶にない』よりは今風かな。しかし、りすかがこぼした情報については、どう判断するべきか、難しいところだ――分断。元々、『城門』を隔てた『魔法の王国』との交流は、十七年前でも上々に小気味よく運んでいたわけではないし、異文化交流に絡んだ衝突も決して少なくなかった――そのための城門委員会でもあったし、また、ぼくやりすかの『魔法狩り』でもあったわけだ。少なくとも状況は遅々として進んでいない、むしろ後退しているとジャッジせざるを得ない――が、異文化交流が失われたことで、トラブルが減り、結果、城門管理委員会の労働環境もマイルドになったとするならば、そんなにやるせない話はない。少なくとも、ぼくの望んだ十七年後じゃあないな、これは。供犠創貴の時代は、まだ来ていない。

「そりゃまあ、十七年間、タカくんは不在だったんだしね。城門管理委員会が健全化されたのも、超絶古株のうざい私がいなくなったからだったりして……、お局《つぼね》さまとしてマジでへこむわ。お局さまも禁句かしら。で、どうするのかしら？」

「どうする、とは？」

「はっきり言って、対水倉神檎の戦略に組み込めそうなほどの劇的な変化は、十七年後の世界には、よくも悪くも起きていないって感じじゃない。感性の瑞々しいタカくんやりすかちゃんからすれば目新しい進歩もあったかもしれないけれど、二千年以上人類を見てきた私に言わせれば、むしろ停滞しているようにも見えるわ」

「ぼくも拍子抜けだって思っているよ。じゃあ、無駄足だったかな」

「そうは言わないけれど。少なくとも、敵の襲撃から逃げ……、距離を取ることには成功したんだから。ただ、こんな手ぶらで十七年前に帰っても、元《もと》の木阿弥《もくあみ》と言うか、戦況に変化はもたらせないんじゃないかしら」

「そう……、このままじゃお兄ちゃんが犬死になの……」

　確かに手ぶらの無駄足じゃあまりに救いがない——そもそもたとえどんな死に様でも、従兄の死を犬死に呼ばわりもどうかだが。

「ところで、二十七歳から十歳に戻れそうな気配はないの。二人とも、そんなに心配してくれてどうもありがとうなの」

　ふむ、強制送還の恐れがないなら、継続してこのまま調査を続けることもできるわけだ。たったの三時間の視察で、十七年間の激動を、知ったように語るのもどうかと思うし——しかしなあ。

「どうしたの？　タカくん、あまり乗り気じゃなさそうじゃない。ひょっとして、タカくんも大相撲の隠れファンだった？　地方山間部では、女人相撲という伝統が受け継がれているそうよ」

「ネット情報の危うさが深刻だな……。いや、でも、確かにお察しの通り、モチベーションが下がっているよ。我ながらテンションの低さを感じている。ツナギの言う通り、十七年間、このぼくが不在だったにもかかわらず、人類は滅ぶこともなく、世界は終わることもなく、どうにかこうにか、なんとなく継続しているみたいだって事実にね。よくも悪くも……、よくもなってないけれど、悪くもなっていない。世界は変わらない」

ぼくなんていてもいなくても同じだ――なんて寝言を、まさかほざくつもりはないけれど、どうやら、供犠創貴がいなきゃいないでなんとかなることは、認めざるを得ないようだ。ツナギが不在になったことで、城門管理委員会が健全化されたのかどうかは、また話が別としても――

「その点では、りすかには代えがたい価値がある。りすかが十七年前から姿を消したことで、『箱舟計画』は破綻《はたん》した。パンゲアは作れず、魔法使いは今も海を渡ることなく、『城門』に隔てられた長崎県に根を張っている。望んだ未来とは違えど、ひょっとすると、この状況がベストなんじゃないか？　と、ぼくは思ってしまうんだ」

「この状況って――私達三人が、十七年後の未来にいる現状のこと？」

「と言うより、ぼく達三人が、十七年前の過去にいない現状だな。たとえ未来の兵器を入手できたとしても、そんな物騒《ぶっそう》なものを過去に持ち帰ってタイムパラドックスを起こすより、このまますりすかを避難させ続けるほうが、よっぽど得策なんじゃないかって」

得策かどうかはともかく、無難《ぶなん》なのは間違いないだろう。むろん、名案とは言えない。相手の目的を完全に妨害できるというだけで、実のところこのプランでは、ぼく達三人の目的は、まるで達成できていないからだ――ぼくは支配者にはなれないし、りすかは父親に会えないし、ツナギは二千年生きた意味を喪失する。なので、いつぞやのように、双方の女子（内一名は見た目、２０２０年で言うところの『大人女子』だが）から異論反論をぶつけられると期待していた面もあったが、二人は二人で黙り込んでしまった。予言の自己成就、とは違うのだろうが――未来視の弊害が思いっきり出てしまっている。何もしていないのに、十七年分、一気に疲れた気分になった。本《もと》を正せばエポックメイキングな情報収集のためにはるばるやって来たはずなのに、変に未来がわかってしまったがゆえに、身動きが取れなくなってしまおうとは。予言の自縄自縛。未来と過去と現在での三竦《さんすく》み。『時間なんて概念』に、なんとがちがちに束縛されてしまっている。ＳＦ小説ならぬミステリー用語で言うなら、これがネタバレか。オチを知ってしまったがゆえに、読書意欲がごっそり削《そ》がれるというような……、やれやれ。まさかとは思うが、こんな身の入らない意欲減退も、『名付け親《ネイミング》』

である水倉鍵の思うがままなのだとしたら——だとしてもぼくは、怒る気にも、またやる気にもなれなかった。

★　★

紛糾するような議論もなく、目が覚めるような発案もなく、ゆえに明確な結論の出ようもなかったので、ぼく達は帰宅することにした——ホテルに戻るわけではない。りすかも大人ヴァージョンなわけだし、もう一度宿泊手続きをしてもよかったのだが、二十七歳への『変身』がいつまで続くか不明瞭《ふめいりょう》である以上、このまま博多に留まり続けるよりも、いっそ地元に戻ったほうがいいのではないかと判断した。想定していたよりもずっと早く、すごすご帰宅することになってしまったが——いや、十七年ぶりの帰宅なのだから、とんでもなく長丁場の『夏休み』だったとも言えるか。

「どうせぼくの親は留守にしているだろうから、ふたりとも、うちに泊まりなよ。会議も続けたいし——りすかもその身なりのままじゃ、チェンバリンのところには戻れないだろ？」

「うん……、チェンバリンも老衰で死んでるかもだけど……」

ネガティブになり過ぎだ。この様子じゃあ、会議を続けるにしても、明日まで水入りにしたほうがよさそうである――正直なところ、ぼくもどんよりした気分をリセットしたい。この絡みつくような無力感を払拭しなければ、いいプランも出てこない。

「賛成。パジャマパーティでも開けば、気分も明るくなるかしらね」

ツナギもそう言ったので、ぼく達は電車に乗って、福岡県から佐賀県に帰還することになった――2020年はSUGOCAというICカードで運賃を支払うらしい。

ぼく達の場合は小児用SUGOCAか。ちなみに高速バスは時間が合わなかった……、夏休みの宿題を、このレベルで終わらさなかったことはかつてないな。そして、乗り継いで、乗り継いで乗り継いでの数時間後、真っ暗になった河野市の供犠家にいざ辿り着いてみると。

「……『売物件』？」

供犠家が売りに出ていた。いや、供犠家とも、もう言えない……、表札が外されていて、ぽっかりと空洞になっていたからだ。ここはもう、ぼくの家ではないどころか、誰の家でもない。

「引っ越したってことかしら？　タカくんって、お父さんとの二人暮らしだったよね？」

「ああ……、ただ、次の奥さんと結婚して、住居を移したのかもしれない。そういう人だったから」

「次の奥さんって」

「冗談じゃなく、順番待ちの候補陣がいたんだよ。何人も何人も。出世街道を歩むエリート警察官だったし」

「その設定で、現代社会でも出世街道を歩み続けていられるかしら……？　破滅への道をまっしぐらって感じだけれど。左遷されて引っ越したんじゃなきゃいいけれど」

「それはないよ。ぼくの父親だぜ？」

ただ、だからこそ、これは予想してしかるべき事態だった。駄目だ、やはりちゃんと考えられていない……、普段の半分も脳が活動していない。どうしたものかな。こんな夜から、そしてこの住宅街から、宿泊先を探すのも一苦労だし……、玄関の鍵が替えられていないようなら、一晩くらいこっそり忍び込んでしまってもいいかな？

「いいんじゃないかしら？　もしバレても、いたいけな子供達の秘密基地ごっこで乗り切りましょう」

「あのー、子供じゃない見た目の少女が一人いることは、要所要所で指摘しないと思い出してもらえないんでしょうか？」

「飢えた子供ふたりを抱えた困窮のシングルマザーが一夜の宿を借りている風を装えば、勘弁してもらえるんじゃないか？」

「してもらえないらしいわよ。十七年後では。むしろ子供ふたりを飢えさせた罪状できつく責められる」

「最高だ。過去に戻って、世直しをしたくなったよ」

ギャグみたいな感じになっているけれど、真面目《まじめ》な話、りすかが『魔法少女』じゃなくなると、行動の制約が半端《はんぱ》じゃなくなるな。ホテルの予約とか、大人が同行していることでやりやすい局面が多いはずだと想定していたのだが……、『子供だから許される』などと、自分が子供であることに甘えていたのだとすれば、その点は猛省すべきである。ふむ、いずれにしても、もしもこのまま未来に留まり続けるのだとすれば、りすかの処遇を考えなければならない。

「しょ、処遇を考えなければって何なの？　まさか雇い止めをしようと思ってるの？」

「まあまあ。そこも含めて、じっくり明日以降に話し合おう。まずは一晩、かつての我が家で英気を養って」

「そ、そのときは道連れなの……、二十七歳女性、年齢を重ねたら雇用主から馘首《かくしゅ》されましたとツイッターで呟《つぶや》いてやるの……」

魔道書を手書きで写本していた魔法少女が、タッチパネルでフリック入力をし始めたら少女期もマジで終わりだよと思いつつ、ぼくは『売物件』のパネルがくくりつけられた門扉をぎいいと開けて、玄関へと向かった——引っ越したのは最近のことなのか、幸運にも鍵は替えられていなかった。電気や水道、ガスは止められているようだけれど、家の中も綺麗《きれい》なものである……、空になってこそいるが、家具も結構、そのまま残っているな？

「埃《ほこり》まみれの廃墟《はいきょ》じゃなくって、ほっとしたかしら。これならいい買い手がつきそうね」

「うん……、昨日引き払ったと言われても信じてしまいそうだ。まるでこの家の中だけ、時間が止まっているかのようだ……、ただ……」

「ただ？　いえいえ、高値で売れるでしょ」

そういう意味じゃなかったけれど、直感的に感じた違和感を、ぼくはうまく言葉にできなかった。『直感的に感じた違和感』なんて、『感』が三つ連続することよりも、色濃い違和感ではあるのだが……、薄暗いからかな？　今や機能のほとんどを完全に失ったPHSを蠟燭《ろうそく》代わりに、ぼく達は旧供犠家の奥へと進む。念のため、水回りまで含めたすべての部屋をチェックしたが、先客がいるというようなこともなかった――一夜の宿として、条件は悪くはなさそうだ。

「じゃ、さっさと寝ちゃおうか。何かあったときすぐ脱出できるように、みんなで固まって、一階で寝よう。布団はないけれど、子供三人ならソファで寝転べるだろう。あ、りすかが……」

「ご心配には及ばないの。老齢のわたしは老骨に鞭打《むちう》って床で永眠するの」

「永眠しちゃ駄目だろ」

ソファは大きかったので、大人ひとりと子供ふたりでも大丈夫だった。できれば掛け布団も欲しいところだったが、それはツナギの上着でカバーした。ツナギの服がツナギ以上に活躍していると言おうかと思ったが、そこは十七年後のコンプライアンスに寄り添うことにした。パジャマパーティと言うには肝試しみたいな雰囲気ではあるものの……。

「ふっ。こうして横たわっていると思い出すな。りすかと初めて会ったときのことを。あの頃はお互い、若かったものだ。有田《ありた》ポーセリンパレスで大ぽかをやらかしたぼくは、りすかから心臓をもらって……」

「そうだね、キズタカは初めて会ったとき、わたしをいきなり『駒《こま》』扱いして……、って、しみじみと回想シーンに入って未公開エピソードを匂わせることで、わたしを切り捨てる伏線を張ってるの!?」

「いやいや、ただ語り合いたいだけだって。何の意図もなく、戦いを忘れて、思いつくままに昔話を――」

しかし、ぼく達は昔話をすることも、まして恋バナに花を咲かせることもできなかった――戦いを忘れることも、ゆっくり休み、思考をリセットすることも。

玄関のほうから物音がしたのだ。

「連戦に次ぐ連戦——に次ぐ、連戦かよ？」

ただでさえうんざりした厭戦《えんせん》ムードのところに、まるでとどめの一撃だ……、『過去』からの刺客か、それとも『現代』に待ち伏せていた魔法使いか。こうした『未来の現状』さえも水倉鍵の目論見《もくろみ》通りだという発想も、あながち被害妄想じゃなかったかな——だが、この展開はむしろ、倦怠《けんたい》気味のぼく達にとっては願ったり叶《かな》ったりだった。ショック療法としてはちょうどいい。示し合わせも打ち合わせもなく、ぼく達はソファから、それぞれに身を起こす——りすかは既にカッターナイフの刃を『きちきちきちきち……』とむき出しにしているし、ツナギは額の絆創膏《ばんそうこう》を剝《は》がし、のみならず、その全身に隈《くま》なく、びっしり牙の生えた口を五百十二個、顕現させている。お行儀よくも玄関から這入《はい》ってきたのがどんな魔法使いであろうと、恐るるに足らない布陣である。恐るるに足らないと言うより、リビングで待ち伏せるタッグのほうがよっぽど怖いくらいだ。ただ、ここまでそんな布陣を崩され続けてきたことも事実……、やる気が出ないなんてふざけたことを言っていないで、ぼくが指揮官の腕をふるわなければ。開戦のタイミングを計るように、廊下を歩く足音に耳を澄ます……、そうと思わなければそうと聞こえないほど、かなり上手に足音を消している。それだけでも、侵入者が相当の手練《てだ》れであることを予想させる――が、『足音を消す』というその行為は、何かと自己主張の強い魔法使いらしくはない。とすると、『魔法の王国』出身者ではない、後天的に魔法を教えられた『人間』――『魔法』使いか？　そんな分析をしながら、タイミングを計る……、リビングのドアは閉めているけれど、そこから突撃してくるとは限らない。ドア越しだろうと壁越しだろうと、魔法による攻撃ならば何でもありだ。魔法式……、あるいは魔法陣が、既にこの家屋内に仕掛けられているという可能性も考えなければ。いっそこちらから先手を打つか？　できれば生け捕りにして、情報を聞き出したいところだが――

「動くなァ！　両手を頭の後ろに組んで床に伏せてェ！」

お行儀よく、とは、今度は言えないものの、きちんとドアを蹴破《けやぶ》って、侵入者はぼく達に、そう警告した――こちらに向けているのは、魔法のステッキではなく、尖端《せんたん》にライトが装着されたピストルの銃口だった。咄嗟《とっさ》にぼくは、警告を無視して飛びかかろうとするりすかとツナギを、両手を広げて制する――逆光で目が眩《くら》むけれど、しかしその声には、警告の怒鳴《どな》りでさえどこか眠そうな、その薄らぼんやりとした声には、強く聞き覚えがあった。それこそ、ぼくがりすかと出会うその以前から、供犠創貴の『駒』を務めていた――

「もしかして――楓《かえで》？」

「……供犠さん？　ですかァ？」

そこに立っていたのは、そして今へたり込んだのは、かつてのぼくの『駒』、またはぼくの父親である供犠創嗣《きずつぐ》の五番目の妻で、つまりはぼくの母親だった経歴も有する、ぼくが知る限りは魔法の使えない人間――十七年後の抱楓《かかえ》だった。

★

★

今更、付き合いの古い楓のことを新キャラみたいに語るのは本意ではないが、りすかとツナギは、これが彼女との初対面になるし、またぼくにとっても十七年振りに会う相手である、この際きちんと紹介しておきたい。佐賀県からの出征にあたって、楓には、誰にも秘密の別働隊として動いてもらっていたのだが、それをすっかり忘れて未来に来てしまったことへの後ろめたさもあるし……、ぼくが罪悪感を覚えるなんて、そりゃあ滅多《めった》にないことだ、我ながら。

「供犠さん……、お懐《なつ》かしゅうございますぅ……、しかも、昔のままのお姿でェ……、私なんてェ、すっかりおばさんになってしまいましたのにィ……」

その台詞に少しでも頷《うなず》けばかなりの痛い目を見る定めは、たとえ今が十七年前でも同じだが……、その場で泣き崩れる楓の下へ、駆け寄るぼくの背中に突き刺さる、女子二名の視線が既に痛い（内一名は『大人女子』）。

「えっと、こいつは……、この女性は、ぼくの父親の五番目の妻なんだけれど、これがちょっとした変わり種で――」

「五番目の妻って時点で、既になかなかの変わり種でしょうよ。突然変異でしょうよ」

「その突っ込みはもっともだけれど、まあ聞いてくれ。りすかには前にちょっと話したっけな？」

「何度聞いてもしっくり来ないから、是非また聞かせてほしいの」

「何度も聞いてもまた聞きたいとは、鉄板だね」

佐賀県警でエリート街道を突き進む供犠創嗣は、職場恋愛、職場結婚が基本であり、一番目の妻から四番目の妻、そして現在の妻――十七年前の時点での現在の妻でもあり、しかも別居中だった六番目の妻は、職場の部下、同僚、上司といった属性のラインナップだった。しかし五番目の妻にノミネートされた楓は――それはそれで、仕事上で知り合ったと言えなくはないのだけれど――警察関係者ではなく、法執行機関の人間でもなく、むしろその対極である、犯罪者だった。

「は、犯罪者？」

「まあ聞け、ツナギ。今は元犯罪者だ」

「犯罪者に元とかあるのかしら？」

さすが、取り締まる側《がわ》の組織を設立した奴は見方が厳しいな……、きちんと罪を償って出所すれば、前科前歴は残れど、犯罪者じゃなくなるという解釈もあるとは思うのだけれど。ぼくが言うのもなんだが、許すことも大切だぜ。

「本当にキズタカが言うのもなんなの。て言うか、何なの？　って感じなの」

「ただし、楓は犯罪者の時点でぼくの父親と結婚している。いわゆる獄中結婚だ。で、ここが実に笑えるところなんだけれど、楓がどうして収監されていたかって言うと、結婚詐欺《さぎ》でね」

「笑えないかしら。結婚詐欺師がなんで拳銃《けんじゆう》を持っているのよ」

「先に『笑えるところなんだけれど』って言わなければ、多少は笑えたかもしれないの。そして『ラインナップ』『ノミネート』って言いかたも、実は密《ひそ》かに引っかかっているの」

ツナギはともかく、りすかの駄目出しが、ぼくの話術に対する駄目出しになっているな……、さすが、何度も聞いているだけのことはある。

「それで楓はこの家に住むようになったんだ。ただ、前任者と違って使えそうな女性だったので、魔法は使えなくても使えそうな女性だったので、すぐに離婚させてぼくの『駒』にした」

「何かしら？　私は今、レディースコミックのあらすじを聞いているのかしら？」

「女性って言っても、駒を『』でくくっても、ぜんぜん柔らかくならない未公開エピソードなの。それと比べるとケアレスミスに見えちゃうけれど、『前任者』もどうかなの」

封印していた設定だったが、ここまで受けが悪いのなら、十七年前にさらっと公開しておいたほうがよかったな。閃《ひらめ》いたときは名案だとしか思えなかったんだ。ぼくもまさか、こんな形でおおやけになるだなんて、思いもよらなかったし。

「一応言っておくと、十七年前はまだ合法だったんだよ。そもそも離婚は、それよりも更に数年前、二十年近く前のエピソードだし」

「二百年近く前のエピソードだと聞いても驚かないかしら。今でも合法は合法っぽいけど、法の抜け穴って感じね。楓さんとやら、あなたはそれでよかったの？」

「男子小学生に傅《かしず》くのが私の夢でしたァ。まさか四十代になって再び、その望みが叶うなんてェ」

「なるほど、よかったのね、死んだほうが。でも、ひとつだけ納得できたかしら。この家の住人だった時期があるから、楓さんは合鍵《あいかぎ》を持っていて、這入ってこれたというわけなのね。タカくんの帰還を知って駆けつけたのだとすれば、大した奴隷根性、もとい、忠誠心だわ」

「お褒めにあずかり光栄の至りですゥ、城門管理委員会の設立者、ツナギさん」普通、奴隷根性は褒め言葉じゃないが、楓は泣き顔を起こし、心底嬉《うれ》しそうに顔を綻《ほころ》ばせる。「そしてェ、新本格魔法少女りすかさん」

りすかは普通に嫌そうな顔をした。性格的に合わないだろうから、これまで会わせていなかったのだが――楓には、佐賀からの出征直前まで、長らくりすかの存在を隠していたくらいだ――、まさか初対面が、お互い十七年後の姿になろうとは。ただし、楓のほうは、既にふたりを熟知していると言った感じか――そりゃそうか、十七年も時間があったのだから、いくらでも調べられる。こいつなら。調査は詐欺師の得意分野だ。

「でもォ、ねちねち訂正させていただきますとォ、合鍵を持っていたからではありませんよォ。合鍵じゃなくて本鍵ですゥ。それに、供犠さんの帰還を知ったのは今さっきで、駆けつけたのは知らず知らずにですゥ。まあ知らずとも駆けつけちゃうところがァ、私の奴隷たる所以《ゆえん》なんですけれどもォ」

「タカくん、この人、催眠系の魔法使いかしら？　眠たそうな声って言うか、聞いていて私のほうが眠くなってくるんだけれど」

「様子を見に来たのはこの家の各所に仕掛けてある無音警報装置が作動したからですよォ。私が今、この家を売りに出しているオーナーですのでェ」

照れたように楓――無音警報装置とはね。魔法と言えるほどに未来の科学は進歩していないというジャッジは、やはりまだ性急だったらしい……、だが、オーナー？　オーナーだから、本鍵？

「はい。なかなか売れなくて困ってますゥ。まあそりゃそうなんですけれどォ」

「？　つまり、キズツグさんから、楓さんが一度この家を購入して、あなたは転売しようとしているってことなの？」

「転売って言われるとイメージが悪いですねェ。イメージが悪いと言えば、イメージしていたよりも悪そうな格好をしていますねェ、りすかさん。頭がァ」

「キズタカ！　殺していいよね！」

「待て。情報をすべて聞き出してからだ」

「捕虜を捕らえたときの言いかたになってるんじゃないかしら。イメージが悪いって言うのも、結婚詐欺師の言い分じゃないけれど」

「それも元ですよォ、ツナギさん。元結婚詐欺師ですゥ。改心して、更生していますゥ。講演会も開いてますゥ。転売なんてとんでもないィ。そもそもォ、私はこの家を買ったんじゃありませんよォ。引き継いだんですゥ。財産分与でェ……、まあとっくに離婚していましたので、本当は権利はなかったんですけれどォ、そこはうまくやりましたァ」

「ぜんぜん元じゃないじゃない。財産分与？　離婚時の、じゃなくてよね？　タカくんのお父さんが、あなたにこの家を生前分与したってこと？」

「生前じゃないですよォ」

楓は言った。

「創嗣さん、そこでコメカミ撃って死にましたからァ」

「………………ん？　楓、今なんて？」

「自殺なさったんですよォ。この拳銃でェ。ああ、この拳銃は分与とかじゃなくってェ、第一発見者の私が勝手に回収したんですけれどォ……、床もォ壁もォ、綺麗に掃除はしたんですがァ、やっぱり死人が出ると家って売れませんねェ。十七年――」

聞き違いかと思ったが、しかしいくら楓の声が眠そうでも、こんな話を聞き違えるわけもない。だが、聞き違いでなくとも、何かの間違いでしかありえない。自殺？　供犠創嗣が自殺？　ぼくの父親が――自ら死を選ぶなんて、あるはずがないじゃないか。

「でも殺されるほうが、もっとありえないでしょォ。私は元夫の名誉を守りたくてェ、殺人に見せかけるためにィ、昔とった杵柄《きねづか》でェ、拳銃を回収したりィ、遺書を処分したりィ、いろいろ頑張って隠蔽《いんぺい》工作をしたんですけれどォ、ぜんぜん効果なしでしたァ。誰ひとり、あの人が殺されたなんて思わずに――きっと魔法で自殺したんだろうって結論づけられましたァ」

「…………」

いや――いやいや。確かにぼくだって、あの人が殺されるなんてありえないと思うけれど、やっぱり、他殺よりも自殺のほうがありえない。傲岸不遜《ごうがんふそん》、傍若無人《ぼうじゃくぶじん》が服を着て歩いているようなあの人が、どんな理由があれば死を選ぶというのだ？

「遺書を処分したってことは、楓さん、遺書があったの？　なんて書いてあったの？」

暴言を浴びせられたわだかまりを脇《わき》に置いて、りすかが訊いた――りすかはあの人と面識がある。なんなら、水倉神檎を探して『異国』の地に来たりすかは、供犠創嗣に父親像を投影していたくらいだろう――冷静でいられないのは、ぼくだけじゃない。

「誰もが予想する内容でしたよォ。遺書なんてなくても、みんな、そうと察して納得しちゃうような——一人息子を失ったことに絶望して、生きる気力がなくなった、とォ」

馬鹿《ばか》な、そんな人じゃない——自殺よりも、他殺よりも、供犠創嗣が絶望するなんてことが、一番ありえない。たかが一人息子が夏休みに友達と旅行に出て、帰って来なかった程度のことで。たかが一人息子を失った程度のことで——

「タカくんの不在。いてもいなくても同じ、いなきゃいないでなんとかなる程度の不在——じゃあ、なかったたってわけね。とんでもなかったわけね。実の父親にとっては」

「供犠さんからは口止めされていましたけれどォ、さすがに私は事情を説明したんですけれどねェ。消息不明にはなってもォ、死体が発見されたわけじゃないですしィ、供犠さんはいつかきっと帰ってきますってェ——でもォ、ぜんぜん聞き入れてくれなくてェ。私、信用なかったみたいィ……、あの人と私で、まさか私のほうが正しいなんてことがあるなんてェ。よもや十七年後とは思ってませんでしたがァ」

一時夫妻だったとは言え、元々愛情が深かったわけでもない楓にとって、供犠創嗣の死は、さほどショッキングでもないのだろうか、その語り口に重さはない——いや、彼女にとっては、元夫の死は、もう十七年前の出来事なのだ。たとえそれがどんな悲劇であろうとも、ある程度の整理がついている。忠誠を誓った『消息不明』のぼくのことだって、十七年前ならいざ知らず、とっくに諦《あきら》めていただろう。最初の頃は、ぼくがいつ戻ってきてもいいようにと、この家を入手し、手入れを続けてくれていたのかもしれない。家に這入ったとき、『直感的に感じた違和感』はそれだ――塵ひとつ積もっていないほどに綺麗な割に、家具やら家電やらが更新されておらず、十七年前の姿のまま、保存されていたのだ。ここだけ時が止まっているかのように……。だが、そんな彼女もこの物件を、今となっては不良債権として持て余していた。ああ、なんてことだ、もしもぼくが十七年前、タイムワープをする前に、当時は現役だったPHSで楓に電話をかけ、事情を大まかにでも伝えておけば――否、そういうことじゃない。そういうことじゃないんだ、これは。

ぼくが間違っていた。

生まれて初めて間違った。この間違いに比べれば、今まで犯したかもしれないミスのようなものは、すべて大正解だった。これ以外には反省しなきゃいけないことなんてひとつもない。夏目《なつめ》漱石《そうせき》の『坊っちゃん』じゃあないが、そこは父親譲りで、ぼくも相当傲慢《ごうまん》なほうだと思っていたけれど、しかしその実態は、なんて謙虚な奴だったのだろう。およそ許しがたい慎《つつ》ましさだった——ぼくなんて、いなきゃいないでなんとかなるって？　ぼくがいなければ、世界が滅びるよりもよっぽど酷い未来を迎えているじゃないか。よりにもよってあの人に、『子供を失って絶望する』なんて、頑としてしてこなかった父親らしい真似《まね》をさせてしまうなんて。あってはならないことだった、自分の不始末で親に謝らせてしまったようなものじゃないか。これをこのままにしておくことは許されない。ぼくの血がそれを許さない。

「十七年前に帰るぞ」ぼくは即座に宣言した。「そんなよくはなっていないけれどそこまで悪くもなっていないなんて、甘い採点をしてしまった。ぼくがいなけりゃぜんぜん駄目じゃないか、人類は。２０２０年になってもこんな程度か。拍子抜けどころかただの間抜けだぜ。まあぼくを欠いているにしては、頑張ったほうではあるとも言えなくはないが……、いや、甘やかすのはもうやめよう。やはり僕の望みを叶えるしかなさそうだ。りすか、ツナギ。インターバルは終わりだ。この脱出ルートは行き止まりだった。Ｕターンして決着をつけよう。水倉鍵と——水倉神檎と」

「実の父親を生き返らせるために、タイムパラドックスを起こそうってことかしら？　そのために、げんなりするような形とは言え、どうにかこうにか脈々と続いていた世界を、危険に晒《さら》そうってこと？」

「そうだ。悪いか」

「いいえ？　いいわよ。どちらかと言えば、そういうモチベーションのほうが好きかしら、私は。コンプライアンス上黙っていたけれど、コンプライアンスを墨守《ぼくしゅ》する城門管理委員会なんて、私の城門管理委員会じゃないし。タカくんがこの現代社会をよりよくしてくれるというのなら、苦情も殺到しないでしょ。三十代の女性首相を、２０４６年までに」

「そのマニフェストなら、喜んで掲げよう。なんと言っても、父親の命と引き換えなのだから」

元より全《すべ》ての人間を幸福にすることがぼくの目標なんだ。そしてその目標は、父親を絶望させる男に達成できることではない――おっと、男じゃなくて、男性かな？

「社会を変えるために、選挙権などいらない」

「いいえ、めっちゃ大事だからね？　選挙権。なんで私が２０４６年って言ったか、伝わってないままに安請け合いしてくれてるじゃない」

「キズタカにとっては、キズツグさんが飛び越えるべき大海なの」なぜかりすかが、上から目線の笑顔で言う――実際、上からの目線で、ぼくを見下ろして、微笑する。『きちきちきちきち……』と、カッターナイフの刃を仕舞いながら。「そう言ってくれるのをずっと待っていたの。それでこそなの。もちろん、わたしにも異論はないの。

やっとわかってもらえたみたいなの、キズタカにも。大相撲を失ったタニマチの気持ちが」

お前別にタニマチじゃないだろ。さてはこいつ、大相撲を復活させるために、十七年前の現在に戻ろうとしているんじゃないだろうな――２０２０年までに、大相撲をオリンピック競技に？　せめてそこは、水倉破記を救出するためとでもしておけよ。あるいは、父親と対決するためとでも――飛び越えるべき大海。たとえ手ぶらの無駄足でも、どころか二度手間になろうとも、決して二の足を踏むことなく、ぼく達は十七年前に帰還する。

「それに実のところ、完全に無駄足だったわけでもないのさ……、策はある。告白すれば、この家に帰ってきた瞬間に、思いついた策が」

ぼくは言った――その着想は楓のお陰《かげ》でもある、この家を時が止まったかのようにそのままに、空っぽの状態で保《たも》ち続けていてくれたオーナーの。

「六十六万六千六百六十六人の魔法軍が長崎から博多に攻め込んだと言うのなら――ぼく達はがらんどうの『魔法の王国』に攻め込もう。ゴーストタウンならぬマジカルタウンに逆王手……、あっちが箱舟なら、こっちは黒船だ」

「ほうほうゥ。事情は完全に理解しましたァ」絶対に何も伝わっていないお手柄《てがら》の楓が、しかしぼく達三人の、それぞれの決意表明を受けて、胸を打たれたように膝《ひざ》を打った。「深く感動しましたとも、涙がちょちょ切れます。ただの人間である私ごときにできる協力は限られておりますがァ、つきましては、どうかこちらをお持ちくださいィ。荷物になってしまいますがァ、手ぶらで帰すわけにはいきませんのでェ。長きにわたって姿を消していた供犠さんのォ、十中八九役に立つと思いますよォ。これもまた、家屋やピストルと同じく、私がうまいことやって入手した、いわば故供犠創嗣の形見なんですよォ」

「故って……、ぼくが破談させたとは言え、仮にも元伴侶《はんりよ》を、お前……、ん？　おいおい楓、これってもしや――」

★　★

ぼく達は後ろ向きにも過去を振り返る。

未来視《ネタバレ》を回避し、自ら考え、ページをえぐる。

《Seventeen Dream》is Q.E.D.

第十二話　最終血戦!!!

めくるめく謎に包まれた敵陣に少数精鋭でいざ乗り込むという場面は、まさに冒険小説のクライマックスという感じではあるが、残念ながらぼく達の場合は、そんな盛り上がりとははなはだ無縁だった。なにせ自陣に二十七歳の『赤き時の魔女』、成人モードの水倉《みずくら》りすかがいるのである——長崎県までの長距離移動など、一瞬も掛からない。言ってしまえば短崎県で、2020年から2003年まで、十七年分の時間を遡《さかのぼ》るついでみたいなものである。帰りがけの駄賃だ。もっとも、人間界と魔法界の境界線、長崎県と佐賀県とを隔《へだ》てる、そびえ立つ『城門』を建立した、城門管理委員会の設立者である二千歳のツナギにしてみれば、その県境界《けんざかい》をかようにあっさりひとっ飛びされるのは、やや微妙な気持ちではあっただろうが——そもそもりすかはそうやって城門を越えてきた転校生なわけだが——ともあれぼく、供犠《くぎ》創貴《きずたか》と水倉りすか、繋場《つなぎば》いたちのスリーマンセルは、十七年後の我が家（と言っても、切なくも既に人手に渡っていた）から、『ニャルラトテップ』水倉神檎《しんご》の本拠地である悪名高き魔《ま》道市《どう》・森屋敷《もりやしき》市へと、タイムワープしたのだった。時間と距離を、ほしいままにした——おそらくは、これが最後のタイムワープになることを、三人とも、どこかで自覚しながら。

★　★

「ここがいわくつきの森屋敷市——で、間違いないのか？　りすか」到着するや否や、ぼくは反射的に、りすかにそう尋ねずにはいられなかった——手錠で繋《つな》がれた手を繋いだままで。「正直、とてもそうは見えないんだけれど……」

「間違いないの」りすかはそう答える。彼女にしてみれば、佐賀県のコーヒーショップに居を構えて以来、約二年半ぶりの帰郷になるわけで、どこか懐《なつ》かしむようでもある。「ここが森屋敷市。ようこそなの、キズタカ、ツナギさん」

まるで森屋敷市の親善大使のような振る舞いだった——しかし、そんなミス森屋敷の口調とは裏腹に、町そのものからは、あまり歓迎されているようには思えない。なぜなら——

「……あたかもゴーストタウンみたいなんだけれど、本当にこの町、人、住んでる？」ぼくはまだ半信半疑だった。「人……、と言うか、魔法使いと言うか……」

市どころか、町と言っていいものかどうかも怪しい。荒野と言うのが適切な気もする魔道市に関するイメージを、もちろんぼくは、伝聞や書物に基づいて、これまであれこれ綿密にシミュレートしてきたけれど、はっきり言って、この第一印象は最悪だ。建物も、道路も、運河も、公園も商店も、目抜き通りも横町も何もかも——まるで数世紀の時を経《へ》ているかのごとき、経年劣化を遂げている。すべての金属が金属疲労を起こし、風土は一面、風化している。街路樹は枯れ、草一本生《は》えない荒れ地が、どこまでも果てしなく続いていて、下手に動くと地面が陥没しそうで、迂闊《うかつ》に第一歩が踏み出せない。最大限に譲歩して、いい表現をするのなら、中世のヨーロッパを再現したかのような町並みではあるが、それが中世のまま、何の手入れもされず、誰にも気に掛けられず、そのまま時代に取り残されたようである——暗黒時代という言葉が誂《あつら》えたようにしっくりくる。ある意味では、確かに魔法使いの本拠地っぽくはあるが……、もっとシンプルに、魔界と言ってしまったほうが、よっぽどぽいとも言えそうだ。

「間違って十五世紀に来てしまったってことはないか？」

「十五世紀どころか、この土地は紀元前からこんな感じじゃないかしら」二千歳のツナギがコメントした。「もっとも……、これでも復興したほうなのよ。水倉神檎を殺すためだけに、核が落とされた直後を思えばね」

「——じゃあ、誰もいないのは、ここがゴーストタウンだからじゃなくて、住民が全員、出払っているからってことでいいのかな？　福岡《ふくおか》県博多《はかた》市への、六十六万六千六百六十六人さま、団体ツアーってことで」

「そうなの。だからこそ、わたし達はここに来たの――住民不在の間に、敵陣を落とすために」

　そんな言いかたをされると、まるで野盗のようで居心地が悪いし、ぼくが落とすまでもなく、既に落とされているような廃墟《はいきょ》街じゃああるけれど……、しかし、なるほど。この町でりすかは、生まれ育ったわけだ――相棒の故郷を悪く言わないほどの良識は、ぼくにもある。これからその故郷を落とそうとしているぼくにも。

「りすかの素晴らしいふるさとをじっくり観光して回りたいところだけれど、なんならカステーラでもいただきたいところだけれど、六十六万六千六百六十六人の魔法使いがUターンしてくる前に、さっさと作戦行動に移ったほうがよさそうだな。市役所はどこだ？」

「市役所。つまり、わたしの実家なの」りすかは得意げに言う――文字通りのホームなので、いささか気が大きくなっているようだ、生意気な。「あそこなの。市内どころか、県内のどこからでも見える施設なの」

　指さされた方向を見ると、なるほど、存在しているだけで既に残骸《ざんがい》のような町並みの遥《はる》か向《む》こう側《がわ》に、そびえ立つ一本の塔があった――シルエットだけ見ると、まるで大分県《おおいた》の別府《べっぷ》タワーのようでもあるが、しかし先端に、五枚の羽根が付いているところが独特だ。手裏剣のようなその羽根は、どうやら風に合わせて回転しているようである——つまり、風車である。

「森屋敷市名物、巨大風車なの。九州の中で森屋敷市にしかないの」

お国自慢に歯止めが掛からないが、風力発電を知らないのか、この相棒は——県内のどこからでも見えるというのも盛り過ぎだろう、森屋敷市だけに。

「県境を隔てる『城門』の約半分くらいのサイズ感なんじゃないかしら」

こちらはこちらで、自身の建立した（さっき時空ごとひとっ飛びされた）『城門』にプライドを持つツナギのコメントである。

「存在感という意味では、長崎県民全員が感じている風車なの」りすかは譲らない。十歳の姿でするならともかく、二十七歳の姿でその意固地さは、問題を感じさせた。

「なにせ、あの風車は、市役所であり、わたしの実家であると同時に、水倉神檎のお墓でもあるから」

「…………」

「いざ出陣なの。わたしにしてみれば凱旋《がいせん》だけれど、あの風車の頂点に旗を立てれば、森屋敷市はわたし達の陣地なの」

そんな戦略ゲームみたいな仕組みではなかろうが、いずれにしてもいつまでも、ここで雰囲気に呑まれて、唖然《あぜん》としてはいられない……、郷《ごう》に入っては郷に従え、だ。

「そして最終的には、郷を従わせる」

「とことん征服者ね、タカくんは」

ぼく達は第一歩を踏み出す。たとえ地面が陥没しようと、天を切り裂くように、容赦なく敵陣を踏み荒らす。

★　★

長崎県にはオランダ坂と呼ばれる坂もあるそうだが、この森屋敷市の坂道もなかなかの急勾配《こうばい》だった――そう言えば、『魔法の王国』じゃあ、自転車の普及率が低いなんて話もあったな。あれは海を渡れないのと同じ魔法使いの特質だと思っていたけれど、こうして実際に足を運んでみると、単に坂道が多いからという理屈に基づくのかもしれない。やれやれ、世の中、この目で見てみないとわからないことだらけだぜ。

「風車に到着するまで、少しかかりそうだし――ここでぼく達の目的を一致させておこうか？」無人の坂道を上り下りしながら、ぼくはふたりに話題を振った。「最後の最後で足並みが乱れてもなんだしね――りすかは実の父親、水倉神檎の墓参りをして、なんとする？」

りすかが転校してきた目的は、元はと言えば『父親探し』である——『魔法狩り』なんてのは、そのための手段に過ぎないし、そういう意味では、ぼくのように『全人類を幸せにする』という崇高な目的を掲げているわけではない。ただ、十七年後の父親の自死に遭遇したことで、だらけた意識を切り替えた身としては、それを小さな目的であるとは、もう言えないだろう——だからそこを否定するつもりはない。が、そうは言っても、いざというときに敵側に寝返られてしまうと、ぼくとしては困ったことになる。戦略はよく将棋にたとえられるが、それこそ、こちらの持ち駒《もごま》があちらの持ち駒に引っ繰り返るのは、駒が成るよりも、酷《ひど》いどんでん返しだ。りすかを『駒』と、たとえたとえ話でも、呼ぶ気はもうないとは言え……。

「なんとすると言われても——別段、お墓に参ったからと言って、お父さんに会えると決まったわけでもないし」りすかは、ぼくの意をどのように汲《く》み取《と》ったのか、そんな風に答える。「生物学的には、あるいは科学的には、核が落とされた時点で、既に死んでいるお父さんなの。今はその強い意志だけが、生き続けている——わたしはお父さんの死後に生まれた娘なの」

その辺の理屈は人知を超えてくるな。さすがは六百六十六の称号を持つ魔法使い——『不死』の魔法も使えるとか言っていたか。もっとも、今はその称号のひとつ——『赤き時の魔女』をりすかに譲っているから、所持する称号は六百六十五……。

「それでも言うなら、わたしの目的は、魔法使いと人間との融和なの。そう、いつかあの『城門』を撤去することが……」

そこで口を噤《つぐ》むりすか。『城門』を建設したツナギの目を、または口を意識したようである——しかし、融和と来たか。なるほど、そう言われれば、その目的はぼくよりも壮大である。可能かどうかはともかく——最低限、その目的を達成するためには、魔法使いの象徴である水倉神檎は、乗り越えなければならない壁である。その壁を『再建』しようとしているぼくの言葉でもないが、父親とは、あまねくそういうものであるとも言える。

「いいじゃない、ふたりとも。志が高くって——私《わたし》の目的は、タカくんやりすかちゃんとはちょっと違うわね」と、ツナギ。「私の目的は水倉神檎を改めて殺すことで、『魔法の王国』との国交を完全に断絶することだけど」

意外なところで、ツナギが一番の過激派だった。たった十歳のぼくやりすかと違って、その念願は二千年にわたる情念であるだけに、あまり鳩首《きゅうしゅ》会議を開きたいとは思えない——魔法使いを脅威に感じる人間サイドからすれば、心強い存在であると言えなくもないのだが、これから風車に乗り込む同行者としては、如何《いかが》なものか。これはしたり、足並みが乱れるどころか、最初から、足のサイズも歩幅も長さも、全員てんでバラバラである。まあ、最後の最後まで、ぼく達らしいとも言えるわけだ。

「こちらの目的はさておき、あちらの目的も重要なのじゃないかしら？」不穏な、または不穏当な気配を察したのか、ツナギはそう続けた。「水倉神檎は――あるいは『六人の魔法使い』は、いったい、何がしたいのかしら？」

「『箱舟計画』。水倉りすかの促成栽培」今更わかりきったことではあるが、これも念のためと、復習するように、ツナギからの質問にぼくは答える。「海を渡れない、長崎県に閉じ込められた魔法使いのために、『時間』の魔法使いである水倉りすかに、パンゲア時代まで、地球の時を戻させる――」

その目的に関しては、既に半《なか》ば達成されてしまったと言っていい――ご覧の通り、りすかは二十七歳の姿のまま、元の十歳児に戻る様子もない。あの独特の方言（魔法言）も、今や昔――だ。感傷的になりたくはないが、やや寂しくはあるな。

「ええ。そのために、水倉神檎は死後に『娘』を作り、『時間』の魔法を分け与えたわけよね？　そして、自分を探す娘に、あれやこれやとちょっかいをかけ続け、誘導した――」

「……ちなみに、りすか。母親はどうしているんだ？」そう言えば、今まで聞いたことがなかった――どうしてだろう、ぼくには特に、母親というワードを避ける理由はないはずなのに。「実家にいるのか？」

「いないの。単為生殖なの」

とことん人知を超えてくるな。ならばあのチェンバリンが母親代わりと言ったところなのだろうか――彼の立ち位置も、今から思うと、かなり謎めいている。一概に水倉神檎側とは言えまいが……、『箱舟計画』に一役買っているのは間違いなかろう。

「…………」

それにしても、単為生殖に及んでまで、水倉神檎がりすかを促成栽培しようとした理由が、よくわからないな――既に成熟した魔法使いに、自身の称号を委《ゆだ》ねるのでは駄目だったのか？　いわば養子のような形で……、そのほうがよっぽど、コントロール下に置きやすい、あらまほしき魔法の後継者を育成できたのでは――それとも、血の繋がりを重視する理由があったのだろうか。

「でも、『箱舟計画』の全貌《ぜんぼう》がそれなんじゃあ、これ以上進めるの、難しくないかしら？」ツナギの疑問に、ぼくの思考は遮《さえぎ》られた。「だって、魔法ってとことん精神的なものなんだから――いくらりすかちゃんの肉体を二十七歳まで育てたところで、中身が十歳児のままじゃあ、理想通りとはいかないはずだわ。地球の時間を巻き戻して、全大陸を統一するなんて不可能よ」

「や、やろうと思えばできるの」

むきになりかける二十七歳を、二千歳が窘《たしな》める。

「それよ。やろうと思えばできる――それが魔法なんだから。いくら水倉神檎が強要したところで、親子とは言え、または親子だからこそ、娘の意志までは、自由にできない。コントロール下と言うなら、まさにね。やろうと思えばできるけれど、やろうと思わなければできない。十重二十重《とえはたえ》に策を巡らせても、りすかちゃんが協力を拒《こば》めば、『箱舟計画』はそこでおじゃんなんじゃないかしら」

確かにお説ごもっともである。その規模になれば、暴力でもって強要することも難しい——魔法とは、馬鹿馬鹿《ばかばか》しいほどに、やる気の問題でしかないのである。単なる才能だけの問題ならば、どんな教導を受けようとも、人間が『魔法』使いに変容することなどない。数々の『魔法』使いを九州全土に放った、水倉神檎がそれを知らないはずがないのだが——

「なんだかんだ言って、結局、娘なんて父の思う通りに育つって思っているんじゃないの？」自分そっちのけで繰り広げられる自分の議論に倦《う》んだように、りすかが口を尖《とが》らせて言う。「だとすれば、それは間違いだって教えてあげるのが、娘の務めなの。反抗期を迎えた娘の」

二十七歳にもなって、まだ反抗期なら大変な出来事ではあるが、まあ確かに、初潮を迎えたのちの娘をほしいままにできるなんて大間違いだ——と、言おうと思って、ぼくは思いとどまった。つかの間、２０２０年にタイムワープして学んだコンプライアンスとやらを、気まぐれに遵守《じゅんしゅ》してみたわけだが、まさかこの気まぐれこそが、直後に控《ひか》える大勝負の決定的、かつ致命的な分かれ目になるとは、夢にも思っていなかった。ぼくは小学五年生の男子としてもっと深く意識すべきだったのだ、小学五年生の女子の生理を。お笑い草ではある、２０２０年から、未来兵器を携えて最終決戦――最終血戦に備えるはずだったのに、持って帰ってきたのが、平和な価値観だけだったというのは――いや、厳密には楓《かえで》から受け取った『あれ』もあるけれど――楓の奴《やつ》め、あんなもんいったい何の役に立つんだ？　――まあいい、もらうものは夏も小《こ》袖《そで》だ――、しかし、倫理的に停止されたぼくの思考が再開される前に、

「到着なの。これを上回る風車は世界的に見ても小豆島《しょうどしま》にしかないの」

と、りすかが足を止めた――長崎県出身の魔法少女がなぜ小豆島に詳しいのかは謎だが（魔女の映画を観《み》たのかもしれない）、確かに、これだけ近付いて見れば、偉容と言っていい巨大な風車である。これが通常の風車のサイズであるなら、ドン・キホーテが巨人と見間違ったのも無理はない――しかし、その風車の足下にいたのは、

巨人ならぬ、子供だった。

セーラー服を着た、おかっぱの子供。

「お待ちしていましたよ、親愛なる供犠さん――親愛ならぬりすか姉《ねえ》さん、親不知《おやしらず》な

るツナギ継母《かあ》さん」そいつ——水倉鍵《かぎ》は言う。「それとも、あなたがたのほうが、僕を待っていたと言うべきでしょうかね？」

★　★

厳密には、水倉鍵は言えなかった。口上の、『お待ちしていましたよ、親愛なる』あたりのところで、首を刎《は》ねられた——ツナギの額の牙《きば》によって。

「食べはしない——それで酷い目にあった口だから」ぼくの隣から、電光石火の走り幅跳びで水倉鍵の背後に着地したツナギは、極めて静かに言う。「ただ、すれ違いざまに、牙を引っかけただけ——思いのほか脆《もろ》かったかしら、まさに子供の首って感じ」

正面から不意を突いたツナギと違い、水倉鍵の頭は、律儀にもそんな台詞《せりふ》を言い終わるのを待ったかのように、それから、地面に転がった。何回転かして、ぼくのほうを向いて——笑顔のままで向いて、やがて、止まった。しばらくは棒立ち状態だったセーラー服の身体《からだ》のほうも、あとを追うように、ばったりと仰向けに倒れる。当然、次の展開があるんじゃないかとぼくは身構えたが、しかし、頭も、身体も、その後、微動だにしない——時代がかった風車の羽根もこのときばかりは微動だにせず、まるで時間が止まったようである。

「まずかったかしら？　いきなり殺しちゃ。タカくん」ツナギがゆっくりと振り返る。その『口元』に後悔はない。「この子とは、会話するのもまずい気がして」

「いや——よくやった、ツナギ」ぼくは労《ねぎら》う。なんと言っていいかわからないが——ベストな選択であることは揺るぎない。「なにせ水倉鍵は、『魔法封じ』だからね……、りすかの魔法も、ツナギの魔法も、丸ごと無効化してしまう。物理的に殺すしかない奴だった」

その意味じゃ、ぼくは出遅れた。もたもたせずに、ぼくがやるべきだったのだ——ツナギに子供を殺させたという後味の悪さが残ってしまった。『六人の魔法使い』最後のひとりでありながら、魔法使いとはとても言えない、水倉姓の子供を——まあ、ツナギの場合、『魔法封じ』で、一時は身体中の口を奪われ、ただの人間に戻されたという実体験もあっての即決即断だったのだろうが——正しい判断だったことに違いはない。そりゃあ欲を言うなら、こいつには訊《き》きたいことが山ほどあった。もしも『魔法封じ』なんて能力を戦略に組み込めれば、ぼくの目的にとって、どれほど役立ったか、考えずにはいられない——が、直感もある。水倉鍵がぼくの配下に収まることなど、ありえないと……、だからこそ、妙な喪失感もあるのかもしれない。まるで長年の好敵手を失ったかのような——

「結局、罠《わな》だったってことかな？」感傷的になりそうな衝動を振り払うように、ぼくは言う。「こうして、水倉鍵に待ち伏せをされていたということは……、市役所の中には、温存兵力が犇《ひし》めいているという寸法か？」

ぼく達が２０２０年に避難することも、そして２００３年に舞い戻ってくることも、空っぽになった魔道市に攻め込んでくることも――すべて、水倉鍵の思《おも》う壺《つぼ》だったと？

「…………」

待て、だとすれば。

「だとすれば――こうして殺されることまで、『名付け親《ネイミング》』の計画通りなんだとすれば――」

咄嗟《とっさ》に、ぼくはりすかを振り向いた――振り向いたが、

「？」

と、りすかはきょとんとしているだけだった。ツナギには出遅れたものの、彼女も彼女でしっかり臨戦態勢に入っていて、かつ、まだ武装を解いておらず、『きちきちきちきち……』『きちきちきちきちきち……』と、カッターナイフの刃を出し入れしていたけれど、それだけで、変異は特に起きていない。二十七歳の姿のままでいることが、既に十分な変異ではあるが……。

「どうしたの？　キズタカ」

「いや……、考え過ぎだった」取り越し苦労が気まずくて、ぼくは肩を竦《すく》める。「てっきり、あいつの死がキーとなって……、水倉の『鍵』となって、またお前の身体に異常が起きるんじゃないかって思っちゃって――」

気付くのが遅かったなら、気を緩《ゆる》めるのは早かった。一瞬、りすかが、またも成長したのかと思った――成長と言うか、端的に言うと、太ったのかと思った。いつか気にしていたような、肥満かと――魔女らしいと言えば魔女らしい、露出度の高い、本人いわく『頭からっぽのぱっぱらぱー』みたいな赤いコスチュームが、急にサイズが一回り合わなくなったかのように、ぴちぴちになった、特に腹部が。だが、普通に考えて、反抗期ならまだしも、成長期などとっくに終えている二十七歳の大人が、それ以上に成長することなんてありえないし、どれだけドカ食いしようとも、そんな急激に太ることだってありえない――ありえる！

「み、水倉鍵――！　名付け『親』！」

あのおかっぱが、『鍵』となる存在だったとして――ならば、水倉鍵は、どんな『扉』を閉じていた？『魔法封じ』で堅く、頑《かたく》なに封印していた存在はなんだ？　水倉鍵が死ぬことで、解放される魔法は、いったい、どのような――

「え？　え？　え？　これって――なんなの？」風船のようにみるみる、ぱんぱんに膨《ふく》れ上《あ》がる腹部に、りすか自身は恐ろしく危機感のない声を上げる。夢でも見ているかのような、ともすると滑稽《こっけい》さに笑ってしまうような戸惑いの表情を浮かべる。「食べ過ぎてなんて、いないのに——おすもうさんみたいに——」

相撲取《すもうと》り、どころでは、もはやない。重さは感じていないようだが、その胴回りの膨満《ぼうまん》に耐えられなくなったようで、りすかはその場に腰をつく——その間にも腹部は更に膨れ上がっていく。

「そ、それって——おめでた？」

水倉鍵の死体を挟んだ向こう側で、ツナギが素《す》っ頓狂《とんきょう》な声をあげる——めでたいわけなどないが、だが、その指摘自体は的確だった。その膨らみは、滑稽どころか、神聖だった。神聖で、神性——『神』。

「畜生……！　気付いてしかるべきだった……！」さっき引っかかったのはこれか！「生理が来れば、そりゃあ妊娠へと繋がるよなあ！」

2020年のコンプライアンスに惑わされたが……！

小学五年生だって、それくらいは知っている。だが、今の今まで察せられなかった——『箱舟計画』の促成栽培の目的は、りすかを強制的に、二十七歳に育て上げることだとばかり思っていた。まさか二十七歳に育てたその先があったとは——健康に成熟させた魔法少女を、妊娠させることに主眼があったなんて、誰が思う!?

「り——りすか！　刺せ！」ぼくは命じた。震える声を自覚しながら。「カッターナイフで！　腹を！　切腹だ！」

むろん、単なる妊娠でないことは明白だ。既にりすかの胴体は、りすかそのものよりも肥大化しつつある——部分が全体を凌駕《りょうが》する。成長期を終えた二十七歳の大人は、それ以上成長することはないが、しかし胎内の胎児の成長は、成長期を遥かに凌《しの》ぐ。そうは言っても、ここまでの肥大は、異様でしかない。手がつけられなくなる前に——引き裂かないと。

「き——きち、きち、きち、きち」

かろうじて手にしたままだったカッターナイフを、りすかはぷるぷると振り上げて——その刃先を、己の腹部に突き刺——せなかった。

「あ——ううう——無理——無理なの——」

そしてカッターナイフを取り落とす。否、落としたんじゃない、自ら手放したのだ。怖がりな彼女の勇気が足りなくて、切腹できなかったのか？　違う。自ら舌を噛み切ったこともある魔法少女だ——あれはぼくに命令されてのことだったが、だったら今も、条件は同じだ。つまり、りすかは切腹ができなかったのではなく。

「殺すなんて——無理」

赤ちゃんを殺せなかった。おなかの中の赤ちゃんを――くっ、ぼくがやるしかないか！　ツナギにばかり、いい格好を――あるいは、汚れ役をやらせるわけにはいかない。だが、いくらぼくでも、まだ赤子を殺したことはない――四の五の言ってはいられない。僕は屈《かが》んで、りすかの取り落としたカッターナイフを拾い上げ、即座にその刃を全開にする。当然ながらりすかごと切り裂くことになるが、大丈夫、りすかの血液には、赤血球のひとつひとつに至るまで魔法式が書き込まれていて、切腹くらいで死ぬことは――その魔法式を書いたのは誰だって？

「や――やめて、キズタカ。殺さないで」際限なく膨らむ腹部に、既に座ってさえおれず、仰向けに引っ繰り返った姿勢で、それでもりすかは言った。「パパを――殺さないで」

「……………………！」

これが『時間』の魔法を受け継ぐ後継者が、実の娘でなければならなかった理由――魔法少女であり、魔女でなければならなかった理由。娘の肉体を使い、血肉を使い、父親が生まれ直そうと――生まれ変わろうとしている。行方不明で、生死不明の、『ニャルラトテップ』の転生――父から娘へ、娘から父への、輪廻《りんね》転生。水倉鍵がその命で封じていたのは、水倉りすかの血液に封印していたのは、所在不明の水倉神檎、そのものかよ！　りすかが死んだ父親を、どれだけ――城門を越えてまで探しても見つからないわけだ、彼女の中に、遺伝子レベルで潜伏していたと言うのなら──父と娘の、最小単位の単為生殖！

「ぐっ──ぐぐぐっ──」

関係ない。むしろ間に合ったと言える、好都合とさえ。今、ぼくがりすかの腹を切り裂けば、単に水倉鍵の策略を阻止できるというだけでなく、ラスボスの復活さえを阻止できるということじゃないか──何を躊躇《ためら》うことがある？　たかがりすかに、『やめて』と言われたくらいのことで──りすかがぼくの命令を拒むだけならいざ知らず、ぼくがりすかの命令を……、お願いを聞く理由があるとでも？

「ぐ……、ううう」だが、ぼくは唸《うな》るだけだった。いつだって俊敏に、考えるままに、考える前に動いていた手が、今に限っては、微動だにしない。「り……りすかあ！」

「ありがとうなの、キズタカ」

今までありがとう──引きつった笑顔と共に放たれた、それが水倉りすかの、最後の言葉になった。

★　★

後に続いたのはただの悲鳴だった。

「きち――」

「きちきちきちきちきちきちきちきちきちきちきちきちきちきちきちきちきちき
ちきちきちきちきちきちきちきちきちきちきちきちきちきちきちきちきちきちき
ちきちきちきちきちきちきちきちきちきちきちきちきちきちきちきちきちきちき
ちきちきちきちきちきちきちきちきちきちきちきちきちきちきちきちきちきちき
ちきちきちきちきちきちきちきちきちきちきちきちきちきちきちきちきちきちき
ちきちきちきちきちきちきちきちきちきちきちきちきちきちきちきちきちきちき
ちきち！」

カッターナイフの刃を出し入れするような、そして虫の鳴くような、耳をつんざく、聞くに堪えない悲鳴だった。いつからか、呆然《ぼうぜん》と立ち尽くすぼくの隣に、ツナギが並んでいたけれど、彼女もやはり、立ち尽くすだけだった。額の口をぽかんと空けて。もちろん、不甲斐《ふがい》ないぼくに代わって、水倉鍵の首を刎ねたときの俊敏さで、りすかの腹に飛びかかるつもりだったのだろうが、それをするには、もはやあまりにも――あまりにもあまりにもあまりにも、りすかの腹は、膨れ上がり続けていた。もはや小柄《こがら》ではない、二十七歳に成長した成人女性の姿すらを完全に覆《おお》い隠《かく》すほどに——どころか、りすかがあれだけ自慢していた、市役所であり実家である建造物、巨大風車にさえ匹敵するほどに、膨れ上がり、膨れ上がり、膨れ上がっていく。無限に、幾何級数的に、ねずみ算的に、そのまま天空へと浮かび上がる、佐賀国際バルーンカーニバルの気球であるように——妊娠六百六十六ヵ月のように、りすかの胎内の胎児は、成長し成長し成長し成長し成長し成長し成長し成長し成長し成長し成長し成長し成長し成長し成長し、性徴し性徴し性徴し性徴し性徴し性徴し性徴し性徴し性徴し性徴し性徴し性徴し性徴し性徴し、生長し生長し生長し生長し生長し生長し生長し生長し生長し生長し生長し生長し生長し生長し生長し生長し生長し生長し生長し——生き長らえる。細胞分裂を永遠に永久に永劫《えいごう》に繰り返す。

「きち！」

虫の鳴くような悲鳴は、大量発生した虫の鳴くような悲鳴は、いつからか、呪文《じゅもん》の詠唱のように聞こえ始めた——それも、りすかが唱える呪文ではなく、胎内の胎児が唱える呪文のように。胎教と言って、おなかの中の赤ちゃんにクラシックの旋律を聞かせる疑似科学があるそうだが、これはさながら、その逆だった——腹太鼓でもあるまいし、りすかの胎内から響く、ウーハーのような重低音に、ぼくの身体は共振するように、がくがくと震え続けた。がくがくと、がたがたと……、否、あるいはただの恐怖で、ぼくは震えているのかもしれない——少なくとも、これを武者震いだなどと、強がることはとてもできそうにない。

「きち！」

「……タカくん。私からも言っとく」なすすべもなく、ずっと無言だったツナギが、ぽつりと呟《つぶや》いた。「今までありがと。思えば、そんな長い付き合いでもなかったけど、タカくんとの付き合いは二十世紀に匹敵するくらい、濃密だったたんじゃないかしら——なんて、これぞリップサービス」

「……？　ツナギ？」

巨大な球体と化したりすかに釘付《くぎづ》けになっていた目を、ツナギのほうに向けると——彼女はドレープだらけのファッションを、あらかた脱いでいるところだった。この絶望的な苦境下において裸になるなんて気でも触れたのかと、問うまでもない——

既にツナギは、その全身に『口』を発動させている。額のそれと同様に鋭い牙を有する、所狭しと五百十二の口を、剝《む》き出《だ》しに——

「逃げて」

「きち！」

ぼくと同じく、なすすべもなく立ち尽くすだけ、なんて、とんだ誤解で、とんだ失礼だった——ずっと戦い続けてきた、勇敢なる、『たった一人の特選部隊』に対して、あまりにも。ぼくと違って、彼女は準備をしていただけだった、心の準備を——そして覚悟を。ツナギもまた最後に、五百十二の口で、ぼくに向かってふっと笑ってから、

「神檎おぉぉぉぉぉぉぉぉぉぉぉぉぉぉぉぉぉぉお！」

今となっては何なのかもわからないスケールの、体感的には月や地球と見まごうような円周の肉風船に向かって、飢《う》えた大飯喰《ぐ》らいのように、全身で食らいつきにかかった。

「ここで会ったが——二千年目じゃないかしら！」

膨腹対空腹の決着は、しかしながら、完全に予定通りで、無欠に予定調和のそれでしかなかった。魔法使いにとっては脅威であり、ぼく達にとっては最高に頼もしかったツナギの牙は、相対的なサイズとしてはこの場合、蟷螂《とうろう》の斧《おの》でしかなかったけれど——それでも、もしかすると、蟷螂の斧のほうがいくらかマシで、そんな悲劇的な結末は迎えなかったかもしれない。カマキリなら、バルーンにあっけなく跳ね返されて終わりだっただろう——今のりすかの胴体にはそのクッション性はあっただろう。だけど、ツナギの牙は、それでも、ツナギの牙なのだ。水倉鍵の首を刎ね、どんな魔法も自身のカロリー、エネルギーへと咀嚼《そしやく》できる、彼女の全身の牙は——妊婦の柔らかな肌にも、容赦なく突き刺さる。だけど、何度もしつこく言っているだろう？　まるで気球であり、さながら風船であり、あたかもバルーンだって——ぱんぱんに膨れ上がったバルーンに極細の針を突き刺したらいったいどうなるのか、瞬間写真で撮影しようか？

「きちき————————————————————————血！」

爆発した。童話の蛙《かえる》のお母さんのように——核のように。細胞分裂が、核分裂だったかのように——無謀な戦いに臆《おく》することなく、文字通りの裸一貫で臨んだツナギの肉体も、ただの巻き添えで爆散した。これまた文字通りに、勇敢な戦士は散ったのだった。木っ端微塵《こっぱみじん》になった彼女の肉が——大量の唇《くちびる》が、大量の牙が、大量の舌が、大量の歯茎が、シャワーのようにぼとぼとと降ってくる。順当であり、悲惨なその結果を、ぼくはとても避ける気にならない——そしてぼくが全身に浴びるのは、ツナギの肉だけではなかった。耳をつんざく爆音と共に破裂したりすかの腹の中から吹き出した、羊水ならぬ洪水のような血液も浴びることになる。風船は風船でも、水風船だったか——りすかの大量出血は、言ってしまえばいつものことだったが、しかしいつもの血の雨と言うには、これは同日に語れないほどの、激しいゲリラ豪雨だった——否、血液の台風だった。森屋敷市だけでなく、それこそ長崎県内、九州全土に至るまで、血の雨が降っていることは間違いなかろうというほどに、目の前がすべて血の色に染まるほどに、すべてが鮮明に真っ赤だった。閾値《いきち》を超えた生き血が、ツナギの殉死を、まるでペンキで塗《ぬ》り潰《つぶ》すかのように、降り注ぐ。涙雨はとめどなく降り続ける——一方で、破裂と、あるいは破水と同時に、地表では奇妙な現象もスタートしていた。その血の雨を浴び続ける、大災害に見舞われたゴーストタウンが、ぎゅんぎゅんと時を遡っていくかのように、在りし日の姿を取り戻していくのだった。東京やニューヨークのように栄えた、暗黒時代の全盛期を——不気味さはそのままに、市役所であり実家である風車も、まるで昨日建てたかのような、ぴかぴかの新築に成り代わっていく。すべての風景が巻き戻されていくみたいだ——時の経過が、経年劣化が、金属疲労が、風化が、高速で、しかし丁寧に台無しにされていくような乱暴さ。重低音の呪文の詠唱は止まったのに、それでもぼくの身体は震え続け、しまいには立っていられなくなった——やはりみっともなく恐怖に震えていただけだったのかと思ったが、そうでもなかった、今となっては。地面に膝《ひざ》をつくと、それを実感した——震えているのは、ぼくではなく、地面だった。いや、フェアに記述するなら、ぼくも震えちゃあいたのだろうが……、そんな微動、話にならないほどに、地面は震え上がっていた——地震ではない。こんなものが、地震なんかであるものか——これは、地殻変動だ。

大陸大移動だ。

地下プレートが滅茶苦茶《めちゃくちゃ》に動いている——なんのきっかけもなく、当たり前みたいに既に始まっている、『箱舟計画』が——巨大大陸『パンゲア』が形成されようとしている。まるで粘土で遊ぶかのように、ユーラシア大陸と、アフリカ大陸と、オーストラリア大陸と、北アメリカ大陸と、南アメリカ大陸と、もちろん南極大陸と、ついでに極東の島国なんかも、ごちゃ混ぜに、たったひとつに融合される——２０２０年にはブレグジットしていたイギリスも、EU各国に融合させられる。進化から独立していたガラパゴスの島々も合流する、イースター島と共にモアイもやってくる。我らがツナギの城門管理委員会が誇る県境の『城門』なんて、こんな地殻変動に巻き込まれてはひとたまりもなく、跡形さえも残るまい。融合させられる、融和させられる、国境も、対立も、戦争も、内紛も、格差も、文化も、一切合切何の関係もなく、ただただパズルを組み立てるように。ぼくの目の前に産まれた、産科医も助産師も抜きで誕生した、大陸ほどに巨大な、真っ赤な嘘《うそ》のように巨大な、真っ赤な赤ん坊の手によって。

「………………ははは」

笑うしかないくらい、それは、まんま赤ん坊だった――血の色に染まったこの尊大なる赤ん坊が、ぼくが戦おうとしていた、少なくとも対等に渡り合えると思っていた、あまつさえ己の駒にさえ組み込もうと目論《もくろ》んでいた、水倉神檎だと言うのか？体重は目算で三千五百トンといったところか？　それ以上か？　それと同じ規模のトン数の核でさえ、2020年どころか2200年の未来兵器でさえ、手に負えないと思わされる真っ赤な赤ちゃんだった。赤ん坊を仰視《ぎょうし》するという、まずありえない体験……、行儀悪く胡坐《あぐら》をかくその裸の巨人を、元気な男の子と言うべきなのか、それともやはり、狂気の父親と言うべきなのか。とても安産とは言えず、どころか、どでかい臀部《でんぶ》で母体を無残《むざん》に踏《ふ》み潰《つぶ》してさえいるが——それでも産まれた『ニャルラトテップ』は、ぼくの価値観から言わせれば、あまりにも醜悪な化け物である。産まれたての赤ちゃんと言うのは、普通、可愛《かわい》かったり、抱きしめたくなったりするもんじゃないのか……？　なのに、どうしてこうもグロテスクな——嫌悪感さえ感じさせてくるのだ、この丸々と太った赤ん坊は。母体のエネルギーを、へその緒からすべて吸収したかのように、やはり風船のように、丸々と太った赤ん坊は——

「おっ……ぎゃあああああああああああああああああああ！」巨大な赤子が叫ぶ。泣き叫ぶ——わんわんと。「ばぁぁあ——ぶぅぅうぅうぅぅうぅ！」

それとも、それも呪文の詠唱か。あるいは、念願の大陸統一を成し遂げたことへの喜びの勝《か》ち鬨《どき》か——『箱舟計画』の成就を祝しているのか。魔法使いの頂点として。

「…………！」

ぼくは背後を振り返る……、予想通りではあるが、水倉鍵の姿は、もうそこにはなかった。頭部も、胴体も、だ。『鍵』は、役割を終えたということだろう——そして実際、終わりだった。ツナギは『逃げろ』と言ってくれたけれど、こんなもの、どこに逃げればいい？　すべての大陸を手中に収めた水倉神檎を前に、地球上のどこにも、逃げ場なんてないじゃないか——むしろ血の雨渦巻く台風の目であるこの場所こそが、皮肉にももっとも安全であるほどだ。幸いにも屈辱的なことに、水倉神檎は、ぼくのことなど問題にもしていない——ツナギじゃあないが、歯牙《しが》にも掛けていない。ぼくなど、彼らの計画にとって、何の要素でもなかった。第一、逃げたところで、その先の展望なんてないのだ。水倉りすかは爆《は》ぜた。ツナギは散った。ぼくにはもう、誰もいない——仮にここを生き延びたとして、その後、いったい、何をすればいいんだ？　戦術を一から練り直して、全人類を幸せにするのか？　最高に受ける。その全人類とやらは、いったい、どこにいると言うのだ？　大陸移動をおこなう一方で、片手間のやっつけ仕事で、人類など、ついでのように滅ぼされつつあるというのに——こんな急激な地殻変動に、どうやって『ただの人間』が耐えられるというのだろう？　攻撃でさえない、ただの計画の副作用にもかかわらず、こんなの、薫陶を受けた『魔法』使いでも無理だ——こんな乱暴な篩《ふるい》にかけられて、生き延びられるのは純正の、正真正銘の『魔法使い』だけである。六十六万六千六百六十六人の魔法使いを始めとする、世界中の『魔法使い』達が、大陸と共に、森屋敷市に集結する。その流入から、まるで水を濾過《ろか》するように、水倉神檎は、駄人間《だにんげん》を濾《こ》し取る……、灰汁《あく》をとるように。魔法使いの世界を、生まれた直後に造成する。町作りと同時に、人類を滅ぼすそのさまは、まさしく魔王の風格だった——必然、生き残れない魔法使いもいるだろうが、そんな弱者は、どうでもいいのだろう。娘を母体としてしか見なかった水倉神檎が、いったいどうして、ただの弱者を振り返る？

「おぎゃああああああああああ――ばぶぅうううううう――！　おぎゃああああああああ――ばぶぅうううううう――！」

「……泣きたいのはこっちだぜ」立ち上がる気力も根こそぎにされ、ぼくはそう呟く。「本当、泣きたいのは……、ああ、泣いているのか、ぼくは」

だとしても、拭《ぬぐ》う気にもなれない。見栄《みえ》を張る相手などもうどこにもいないし、どうせこんな血の雨の中じゃ、ぼくのささやかな体液など、物の数ではないのだから――この巨大な赤ん坊の前に、あらゆる作戦が、すべての策略が、無限のプランが、ことごとく意味を喪失していくのと同様に。

「思えば――なんで、十七年後から戻って来ちゃったんだろうな。三人で2020年の空き家で安穏に暮らし続けていれば、こんなことにはならなかったのに」

いや、どうせ結果は同じか。『箱舟計画』の究極の目的が、りすかの促成栽培ではなく、遺伝子操作で自身を出産させることにあったというのなら、そして娘に無理強《むりじ》いするのではなく、自身の手で、やる気満々のモチベーションで望むがままに『パンゲア』を実現させることにあったというのなら、それを2020年のオリンピックイヤーのパフォーマンスとしておこなうことに、なんら障害はないのだから――二千年以上生きる魔法使いならば、たった十七年くらい、根気よく待ってみせるだろう。むろん、早いに越したことはないだろうが――時間なんて概念が酷く些細《ささい》な問題なのは、水倉神檎も同じである。否、彼こそがそのスローガンの元祖であると言える――『赤き時の魔女』は、元々、水倉神檎の、数ある称号のひとつなのだから。つまり、ぼくは失策さえしていない――ぼく達は、ぼくのせいで負けたわけでさえないのだ。ぼくがどう振る舞おうと、賢《さか》しげに戦おうと、愚かに逃げ回ろうと、結局のところ、このラストシーンは避けられなかった。水倉神檎の前では、ぼくは人生を悔《く》いることさえできない。人類が絶滅し、ぼくが絶望するというこのラストシーンは――りすかがあのとき、自ら腹を割《さ》き、父親を殺せなかったことだけがすべてだ。娘が父親を殺せなかったことだけが――

「ああ、そうか……、ぼくは、父親が自殺していたから、２０２０年から戻ってきたんだっけ」

よく忘れられるな、我ながら。まあ、理由はそれだけじゃあないが……、正直言って、楓から聞いたそんな供犠創嗣《きずつぐ》の最期に、がっかりしたのも事実だ。あの人が、あの強い人が、夏休みに息子が失踪《しっそう》したくらいのことで自ら死を選ぶだなんて……、いつかぼくが乗り越えるべき壁だと信じていたが、過大評価していたとさえ感じた。だが、こうなってみると、その気持ちがよくわかると言わざるを得ない。一度も近いと感じたことのないあの人と、それでも親子だったんだと認めざるを得ない――認知するしかない。

「だって、こんなに――死にたいと思っている」

言っておくが、負けたからじゃない。完全敗北ではあるが、ぼくはこれを糧《かて》に、成長することだってできたはずだ――りすかさえいれば。全人類が滅び、全人類を幸せにするという目的を失ったことも、正直なところ、関係ないと言える――だって、りすかひとり幸せにできなかったのに、全人類なんて、どうやって手に負える？　どうやって手に――どうやって手首に。

ぼくの手には、カッターナイフがあった。

水倉りすかの『魔法のステッキ』だ。彼女が父親の思惑通りに父親を殺せず、取り落としたカッターナイフ――責められない、それを拾い上げたぼくも、実行できなかったのだから。あれは、しかし、りすかにお願いされたから、とだけは言えないんじゃないだろうか？　少なくとも、りすかのせいにはできない。ぼくは、ひょっとすると、見たかったんじゃないだろうか？　この目でしかと見たかったんじゃ――水倉神檎が生誕する瞬間の、目撃者になりたかったんじゃないだろうか。『魔法使い』使いなんて言って、つまるところぼくは、魔法使いに憧《あこが》れていただけなのかも――子供が母親に焦《こ》がれるように。あとは……、まあ、もちろん、たとえ救命のためでも、りすかの身体を傷つけることが、もうほとほと、嫌になっていたというのも、あるかもな。少なくとも……、少なくとも、己の手首を切るよりは、ずっと抵抗がありそうだ。たとえこの世が地獄だろうと、ぼくは自殺はしないと決めていた――だが、この世が魔界になった今、そんな誓いは、極めて儚《はかな》い。そして自殺を止めてくれるような人もいない――父もいなければ、母もいない。

「いろいろあったな……、殺したり、殺されたり、裏切ったり、裏切られたり」諦念《ていねん》のように苦笑しつつ、ぼくは、全開にしたカッターナイフを、左手首に押し当てる――豆腐のようにしか感じなかった。「でも、ぼくにしては――人間にしては、よくやったほうだろう？　お母さん」

今度は止めないでほしい。たった十年、いい人生だったとも、幸せな人生だったとも言えっこないけれど――あなたが予知した通りに、すごく面白い人生だったと、虚勢くらいは張らせていただこう。だって、りすかに会えたのだから。

★　★

「！」

驚いたのは、粘土遊び中の神檎坊やではなく、むしろぼくのほうだっただろう――

どうしてへたりこんでいたぼくは、力なくも立ち上がり、己の手首を切るために剝き出しにしたはずのカッターナイフの刃を、巨大な赤子の巨大な足の、巨大な小指に突き立てているんだ？　こんなの、蟷螂の斧でさえない――事実、カッターナイフは赤子の皮膚には一ミクロンも突き刺さらず、上滑《うわすべ》りして、爪《つめ》と肉との間にするりと入り込むだけだった。いわば単なる深爪《ふかづめ》だ……、こんな攻撃に、いったい何の意味がある？『ニャルラトテップ』にとって、こんな刺激、蚊が刺したようなものでしかないだろうに――

「……………………………ひっ」

――いや、泣《な》き止《や》んだ。泣き止んだと言うか……、初めて赤ちゃんは、今まで視界にも入っていなかった足下のぼくに意識を向けた、初めてカマキリや蚊を見るように、ぎょろりと目を剝いて……、生まれて初めて、ぼくを見た。

「ああ、そりゃそうか……」そのいわく言いがたい、嵐《あらし》の前の静けさのような表情を受けて、瞬時に、ぼくは納得する。「簞笥《たんす》の角にぶつけても、のたうち回るくらい痛いんだ。足の小指の深爪なんて……、下手すりゃ、手首を切るよりも痛いかもな」

想像したくもないほどだ――だが、もちろん、死に至るような痛みではない。赤ちゃんは出血さえしていないのだから――それでもぼくは、文字通りに一矢報《むく》いた気持ちになった。どうしてそんな行為に出たのかは、変わらずわからないままだが――考えて考えて考え続けることで、これまで戦ってきたぼくが、遂《つい》にすべての思考を放棄したとき、不意に打って出た行為が、ツナギの特攻とは比べるべくもない、こんな無意味な、腹いせみたいな一刺しだなんて——意外と可愛い奴じゃないか、供犠創貴は？

「おおおっ……」

　だが、もちろん刺された神檎坊やのほうは、そんな風には思ってくれなかったらしい。むずかるように表情が、二千歳を超える老人のようにしわくちゃになっていく——ぼくに子育ての経験はないが、癇癪《かんしゃく》を起こす寸前の赤子というのは、こういう空気をまとうのだろう。しかし、それがわかっても、ぼくは身構えることさえしなかった——このサイズ差で、防衛行動なんて何の効果もない。ぼくはドン・キホーテじゃない、風車には立ち向かえない。だからただただ、身を任せるだけだ、運命に——あるいは神に。

「おぎゃああっ！」

　ぶん殴られた、たぶん。狙《ねら》ってこぶしをふるわれたというより、赤ちゃんが衝動のままに、泣きわめきながら両腕を、まさしく風車のように、ぶんぶん振り回しただけと言うべきかもしれないし、あるいは、それはぼくには直撃しなかったのかもしれない――直撃していたら、ぼくの身体はツナギよりも無惨に、分子サイズにまで粉砕されていたことだろう。腕をやたらめったら、ぐるぐる回す風圧だけで、小学五年生の体重など、たわいなく、カタパルトに載った紙飛行機のように吹っ飛ばされる――風車の回転がまるで扇風機で、カッターナイフで強ボタンを押したのがぼく自身である以上、これは必然的な結末でしかなかった。ああ、そう言えば、どんな魔法でも、ぼくはまだ、空を飛んだことはなかったな――血の色に染まっていた空の暗雲を突き抜けながら、そんなことを考える。まったく、迂闊だった。人生にやり残したことがないようでいて、意外と、やったことがないことだらけだぜ――当然か、ぼくは十歳なんだから。どうやら、どちらにせよ、それが享年になるようだが……、自分で手首を切るよりは、このまま落下し、水倉神檎が地球中からかき集めた地面に激突するほうが、死に様としてはぼくらしいか。いくら血は争えないと言おうとも、ぼくが自殺で死ぬことを、たとえば在賀織絵《ありがおりえ》は許してくれないだろう。それに、りすかだって、そんなぼくを許してくれは……、ああ、そうか、そういうことか。どうしてぼくが、それこそらしくもなく、何の勝算もない、誰の称賛も得られない、小指の先ほどの無駄な抵抗をしたのかと言えば――

「――がぼっ!」

無様《ぶざま》な声を出してしまった、否、声とさえ言えない、悲鳴とさえも。ただの水音だ——落下したぼくが叩《たた》きつけられたのは、水倉神檎が作り上げた巨大大陸『パンゲア』ではなく、海だった。信じられないような高高度から、ぼくは綺麗な高飛び込みを決めたというわけだ——ある程度以上の高さになれば、空気抵抗の問題で、落下速度はさして変わらなくなると言うが——九死に一生の得かたとしては、およそ最低だ。着水の衝撃で、肺の中の空気はすべて吐《は》き出《だ》してしまっているので、ぼくの身体は鉛のように、深海へと沈んでいく一方である——ぷかぷか漂流し、どこかの陸地に辿《たど》り着《つ》くなんてドラマチックな展開も、ありえない。陸地は総じて、水倉神檎がかき集め、独《ひと》り占《じ》めしてしまっているのだから。ところで、定型句通りに『九死に一生』と言ってしまったが、これは正しくない……、ぼくはそれほどラッキーだったわけでさえないのだ。だって、地球の七割は海なんだから、正確には『三死に七生を得た』と言うべきなのだろう——すぐに深海魚の餌《えさ》になるとしても、だ。

「ぶくぶくぶくぶくぶくぶく……」

かすかに残存していた泡《あわ》を口から漏らしつつ、ぼくは、

「七割？」

と、それがぼくの最期の声になるだろう一言を発した——粋だったりすかやツナギに比べて、いかにも味気ない最期の言葉だが、だが、七割だって？　そうだ、七割だ

――いくら水倉神檎が、世界中から大地を集合させ、『魔法の王国』を新設したからと言って、そんなのは所詮《しょせん》、面積にして地球上の三割でしかない。たったの三割で、残りは全部、海である。面積でもそうだし、体積でもそうだ――一番標高の高いヒマラヤ山脈で、えっと、海抜８８４８メートルくらいだっけ？　なるほど、すさまじい高さではある――けれど、深海の深さに比べれば如何かな？　だいたい、ヒマラヤ山脈だって、大陸分裂、地殻変動の産物であり、時間を遡らせた今、いったい大陸上に、どれだけの山脈が残存しているというのだろう――新『魔法の王国』は、かなり平べったい大地なんじゃないのか？　それに比べて、海は、常に大波がうねる大海だ――あちらがユーラシア大陸とアフリカ大陸と北アメリカ大陸と南アメリカ大陸とオーストラリア大陸と南極大陸の六つなら、こちらは北太平洋と南太平洋と北大西洋と南大西洋とインド洋と北氷洋と南氷洋の七つだ――六大陸が統一されたことで、七つの海も、また統一された。北極《ほっきょく》を含めて八つでもいいし、なんなら、玄界灘《げんかいなだ》だって諫早《いさはや》湾だってある。すべての海が統一されて、たらちねの大海原は地球温暖化による海面のように、膨れ上がった。

そしてぼくの手には、未《いま》だ彼女のカッターナイフが握られている。

母となった彼女の――忘れちゃあいけない、彼女の属性《パターン》は『水』だ。種類《カテゴリ》の『時間』と違って、そちらは父親から受け継いだものではない、彼女自身の個性《オリジナル》である――ならばぼくには、空を飛ぶよりも、よっぽどやり残したことがあった。それをせずに死を選ぶというのは、どうかしている……、抱《かか》えボムもいいところだ。うん、まあ、試してみる価値はあるか……、手首を切るよりは、よっぽどエキサイティングな試みだ。よっぽどぼくらしい……、ぼくは海水で冷えた頭で、極めて冷静にそう判断して、カッターナイフを持つ右手を動かす――楽じゃなかった、たぶん着水時に、あちこち骨折している。落下した先が地面じゃなくて海面だったから、怪我《けが》ひとつないなんて、そんな調子のいいことにはなっていない……、全身の骨が粉々になって、タコみたいな軟体動物になっていてもおかしくなかった。だが、単純骨折程度で済んでいることこそが、いい証拠じゃないのか？　魔法使いが海を渡れないと言っても――いいや、海そのものであれば、話は別であることの。状況証拠に過ぎないが……、しかし、半信半疑でも、骨折していても、刃を突き立てることくらいはできる――もちろん、左手首にじゃあない。脈を切ることに脈はない、断ち切るべきは血脈だ。突き立てる対象は、手首ではなく胸――心臓《そこ》だ。……同じ自殺のようではあるが、今度は大丈夫。さっき、ぼくが手首を切り損ね、あまつさえ赤子の小指に立ち向かったのは、ぼくの意志であって、ぼくの意志ではなかった――無意識だったわけでもない。あれは、りすかの仕業だ。何もカッターナイフに彼女の遺志が宿っていたと言うつもりはない。彼女の遺志──志が宿っているのは、ぼくの身体なのだから。

ぼくの身体は、半分以上、りすかのものだ。

特に心臓は、最初にもらった、りすかの血塊である──完全にぼくと一体化している、ぼくの一部──ぼくの患部であり、りすかの幹部だ。『パンゲア』以上に融合している。地球の七割が海であるよう、ぼくの七割は、水倉りすかである。だから自殺なんて、許してもらえるわけがなかった──あいつがぼくに、そんな真似《まね》を許すものか。ぼくが許さない以上に、りすかが許さない。父が止めず、母が止めずとも、友達が止める。だけど──だけど、これなら許してくれるだろう？　手首ではなく、心臓ならば──地上ではなく、水中ならば。切腹できなかったりすかは、それでも、父親の小指に、刃を突き立てたのだから──あれが親離れであり、子離れならば。なるほど、二十七歳の水倉りすかは、確かに養分として、胎児に吸い尽くされてしまったけれど──センチメンタルな意味合いではなく、それでもりすかは、ぼくの中で生き続けている。だからこそ、そのエネルギーを解放しよう──今こそ、りすかに借りを返すときだ。いつぞや、天敵であるツナギとの対決において、ぼくはそれこそ手首を切断しての血液ドーピングで急場を凌いだことがあったが、今回は嘘偽りなくすべてを返す——ぼくの血液も、ぼくの生命も、利息に加えて、今こそ、お別れだ。

『のんきり・のんきり・まぐなあど　ろいきすろいきすろい・きしがぁるきしがぁず
のんきり・のんきり・まぐなあど　ろいきすろいきすろい・きしがぁるきしがぁず
——』

呪文の詠唱を、ぼくは心の中でおこなう。最後の発声は、もう済ませた——酸素など、もう血中にさえ残っていない。肺の中はすべて水で満たされている——満ち足りている。だからこれは、ボディーランゲージでさえない、マジカルランゲージである……、ぼくの台詞じゃなくて、りすかの台詞だ。魔法少女の呪文であり、魔女の祝詞《のりと》だ。

『——まるさこる・まるさこり・かいぎりな　る・りおち・りおち・りそな・ろいと・ろいと・まいと・かなぐいる　かがかき・きかがか　にゃもま・にゃもなぎ　どいかいく・どいかいく・まいるず・まいるす　にゃもむ・にゃもめ——』

『にゃるら！』

ためらいなどなかった、一息にぼくは、胸を突く——海水が染《し》みるが、いい気付けだ。カッターナイフで心臓を摘出し、最後の力を振り絞って、その心臓を絞り上げる。すると、ポンプのように、真っ赤な鮮血が、ぼくの血が——りすかの血が、海中に溶け込んで、拡散されていく。蛇口を捻《ひね》ったように際限なく、堰《せき》を切ったように無限に、血が、血血血血血血血血血血血血血血血血血血血血

血 血 血 血 血 血 血 血 血 血 血 血 血 血 血 血 血
血 血 血 血 血 血 血 血 血 血 血 血 血 血 血 血 血
血 血 血 血 血 血 血 血 血 血 血 血 血 血 血 血 血
血 血 血 血 血 血 血 血 血 血 血 血 血 血 血 血 血
血 血 血 血 血 血 血 血 血 血 血 血 血 血 血 血 血
血 血 血 血 血 血 血 血 血 血 血 血 血 血 血 血 血
血 血 血 血 血 血 血 血 血 血 血 血 血 血 血 血 血
血 血 血 血 血 血 血 血 血 血 血 血 血 血 血 血 血
血 血 血 血 血 血 血 血 血 血 血 血 血 血 血 血 血
血 血 血 血 血 血 血 血 血 血 血 血 血 血 血 血 血
血 血 血 血 血 血 血 血 血 血 血 血 血 血 血 血 血
血 血 血 血 血 血 血 血 血 血 血 血 血 血 血 血 血
血 血 血 血 血 血 血 血 血 血 血 血 血 血 血 血 血
血 血 血 血 血 血 血 血 血 血 血 血 血 血 血 血 血
血 血 血 血 血 血 血 血 血 血 血 血 血 血 血 血 血
血 血 血 血 血 血 血 血 血 血 血 血 血 血 血 血 血
血 血 血 血 血 血 血 血 血 血 血 血 血 血 血 血 血
血 血 血 血 血 血 血 血 血 血 血 血 血 血 血 血 血
血 血 血 血 血 血 血 血 血 血 血 血 血 血 血 血 血
血 血 血 血 血 血 血 血 血 血 血 血 血 血 血 血 血
血 血 血 血 血 血 血 血 血 血 血 血 血 血 血 血 血
血 血 血 血 血 血 血 血 血 血 血 血 血 血 血 血 血
血 血 血 血 血 血 血 血 血 血 血 血 血 血 血 血 血
血 血 血 血 血 血 血 血 血 血 血 血 血 血 血 血 血
血 血 血 血 血 血 血 血 血 血 血 血 血 血 血 血 血
血 血 血 血 血 血 血 血 血 血 血 血 血 血 血 血 血
血 血 血 血 血 血 血 血 血 血 血 血 血 血 血 血 血
血 血 血 血 血 血 血 血 血 血 血 血 血 血 血 血 血
血 血 血 血 血 血 血 血 血 血 血 血 血 血 血 血 血
血 血 血 血 血 血 血 血 血 血 血 血 血 血 血 血 血
血 血 血 血 血 血 血 血 血 血 血 血 血 血 血 血 血
血 血 血 血 血 血 血 血 血 血 血 血 血 血 血 血 血
血 血 血 血 血 血 血 血 血 血 血 血 血 血 血 血 血
血 血 血 血 血 血 血 血 血 血 血 血 血 血 血 血 血
血 血 血 血 血 血 血 血 血 血 血 血 血 血 血 血 血
血 血 血 血 血 血 血 血 血 血 血 血 血 血 血 血 血

血血血血血血血血血血血血血血血血血
血血血血血血血血血血血血血血血血血
血血血血血血血血血血血血血血血血血
血血血血血血血血血血血血血血血血血
血血血血血血血血血血血血血血血血血
血血血血血血血血血血血血血血血血血
血血血血血血血血血血血血血血血血血
血血血血血血血血血血血血血血血血血
血血血血血血血血血血血血血血血血血
血血血血血血血血血血血血血血血血血
血血血血血血血血血血血血血血血血血
血血血血血血血血血血血血血血血血血
血血血血血血血血血血血血血血血血血
血血血血血血血血血血血血血血血血血
血血血血血血血血血血血血血血血血血
血血血血血血血血血血血血血血血血血
血血血血血血血血血血血血血血血血血
血血血血血血血血血血血血血血血血血
血血血血血血血血血血血血血血血血血
血血血血血血血血血血血血血血血血血
血血血血血血血血血血血血血血血血血
血血血血血血血血血血血血血血血血血
血血血血血血血血血血血血血血血血血
血血血血血血血血血血血血血血血血血
血血血血血血血血血血血血血血血血血
血血血血血血血血血血血血血血血血血
血血血血血血血血血血血血血血血血血
血血血血血血血血血血血血血血血血血
血血血血血血血血血血血血血血血血血
血血血血血血血血血血血血血血血血血
血血血血血血血血血血血血血血血血血
血血血血血血血血血血血血血血血血血
血血血血血血血血血血血血血血血血血
血血血血血血血血血血血血血血血血血
血血血血血血血血血血血血血血血血血
血血血血血血血血血血血血血血血血血
血血血血血血血血血血血血血血血血血
血血血血血血血血血血血血血血血血血

血血血血血血血血血血血血血血血血血
血血血血血血血血血血血血血血血血血
血血血血血血血血血血血血血血血血血
血血血血血血血血血血血血血血血血血
血血血血血血血血血血血血血血血血血
血血血血血血血血血血血血血血血血血
血血血血血血血血血血血血血血血血血
血血血血血血血血血血血血血血血血血
血血血血血血血血血血血血血血血血血
血血血血血血血血血血血血血血血血血
血血血血血血血血血血血血血血血血血
血血血血血血血血血血血血血血血血血
血血血血血血血血血血血血血血血血血
血血血血血血血血血血血血血血血血血
血血血血血血血血血血血血血血血血血
血血血血血血血血血血血血血血血血血
血血血血血血血血血血血血血血血血血
血血血血血血血血血血血血血血血血血
血血血血血血血血血血血血血血血血血
血血血血血血血血血血血血血血血血血
血血血血血血血血血血血血血血血血血
血血血血血血血血血血血血血血血血血
血血血血血血血血血血血血血血血血血
血血血血血血血血血血血血血血血血血
血血血血血血血血血血血血血血血血血
血血血血血血血血血血血血血血血血血
血血血血血血血血血血血血血血血血血
血血血血血血血血血血血血血血血血血
血血血血血血血血血血血血血血血血血
血血血血血血血血血血血血血血血血血
血血血血血血血血血血血血血血血血血
血血血血血血血血血血血血血血血血血
血血血血血血血血血血血血血血血血血
血血血血血血血血血血血血血血血血血
血血血血血血血血血血血血血血血血血
血血血血血血血血血血血血血血血血血
血血血血血血血血血血血血血血血血血
血血血血血血血血血血血血血血血血血

血血血血血血血血血血血血血血血血血
血血血血血血血血血血血血血血血血血
血血血血血血血血血血血血血血血血血
血血血血血血血血血血血血血血血血血
血血血血血血血血血血血血血血血血血
血血血血血血血血血血血血血血血血血
血血血血血血血血血血血血血血血血血
血血血血血血血血血血血血血血血血血
血血血血血血血血血血血血血血血血血
血血血血血血血血血血血血血血血血血
血血血血血血血血血血血血血血血血血
血血血血血血血血血血血血血血血血血
血血血血血血血血血血血血血血血血血
血血血血血血血血血血血血血血血血血
血血血血血血血血血血血血血血血血血
血血血血血血血血血血血血血血血血血
血血血血血血血血血血血血血血血血血
血血血血血血血血血血血血血血血血血
血血血血血血血血血血血血血血血血血
血血血血血血血血血血血血血血血血血
血血血血血血血血血血血血血血血血血
血血血血血血血血血血血血血血血血血
血血血血血血血血血血血血血血血血血
血血血血血血血血血血血血血血血血血
血血血血血血血血血血血血血血血血血
血血血血血血血血血血血血血血血血血
血血血血血血血血血血血血血血血血血
血血血血血血血血血血血血血血血血血
血血血血血血血血血血血血血血血血血
血血血血血血血血血血血血血血血血血
血血血血血血血血血血血血血血血血血
血血血血血血血血血血血血血血血血血
血血血血血血血血血血血血血血血血血
血血血血血血血血血血血血血血血血血
血血血血血血血血血血血血血血血血血
血血血血血血血血血血血血血血血血血
血血血血血血血血血血血血血血血血血
血血血血血血血血血血血血血血血血血

血血が、海を染めていく。水倉神檎が降らした血の雨以上の血の海が、まにまに満ち満ちる。すべての海流が大動脈のように。七つの海改めひとつの海が、あますところなく、水倉りすかに染まっていく——赤き魔法少女が走馬灯のように渦巻いていく。世界の七割が、十歳の少女に満たされていく——やれやれ、最後の最後の最期の最期で、よりにもよって水倉神檎の気持ちが、わかってしまうだなんてな。こうして全身を水倉りすかに温かく包まれるというのは、非常に心地よい——幸不幸も損得も、利害も得失も、なんなら勝敗すらも、すべてがどうでもよくなるほどに。まったく、母なる海とはよく言ったものだ。母なる『産み』とは……、まさかこのぼくともあろう者に胎内回帰願望があるだなんて、嬉《うれ》しい驚きだよ。

★　★

かくして、大陸を支配する赤ん坊と、大海から再生された十歳児との、壮絶な父娘《おやこ》喧嘩《げんか》が開闢《かいびゃく》する――渺々《びょうびょう》たる大陸と淼々《びょうびょう》たる大海の病的なまでのいがみ合い。僕の読みじゃあ、7：3で母なる娘にアドバンテージがあるが、しかし勝負は水物である。泣く子と地頭には勝てないというのに、なにせ相手は泣く子で地頭で、しかも父親だ。だから、ドメスティックでグローバルな結末を、あるいは終末を見届けることが、深海に沈みゆく、死にゆくぼくにはできないのが、つくづく心残りだ。いやはや、供犠創貴がこんなにも人生を悔いながら死のうとは……、たった十年でも、人生、生きてみるものだ。

あとは貴様達に委ねる。

少女の成長を、血眼《ちまなこ》で見届けるがいい。

《Blood Tipe》 is Q.E.D.

最終話　やさしい魔法がつかえたら？

「折口《おりくち》きずなという『あれ』はね――いわば『母親』という概念なのですよ」水倉鍵《みずくらかぎ》は言った。否、水倉鍵の生首は言った。「すべての魔法使いにとっての『母親』であり、『産みの親』――単為生殖にして多胎生殖。無限生殖の無限責任とも言えますが――あるいは単に無責任とも。僕達『六人の魔法使い』とて例外ではなく、『ニャルラトテップ』水倉神檎《しんご》とて特例ではありません」

否々、生首という表現もおかしかろう――水倉鍵は、ツナギの牙ですっぱり首を落とされ、はっきり絶命したのだから。その首はもう生きてはいない、死に首だ――死に首は続ける。

「魔法使いが海を渡れないのは、『母なる海』に対する敬意であり、畏敬であるとも表現できますね。シンプルにブルってるだけとも。ゆえに、すべての陸地をかき集め、パンゲアを再生しようという『箱舟計画』は、魔法使い達にとって、愛憎半ばの母親に対する反抗期と言われると、反論しにくいものがあります」

……何の話だ？　死んだんだから早く死ねよ。

「それをあなたが言いますか、供犠《くぎ》さん」苦笑する水倉鍵。「いえ、回収し損ねた伏線のサルベージですよ。宝船というわけではありませんが、深海の藻屑と消える供犠さんのためのね——僕はそのための存在でもありますし。本来は風車の前でするべき謎解きでしたが、ツナギさんの勇み足で、し損じましたので。やってくれますよ、あのかたは。でも、ほら、四番目の母親、未来視の少年課刑事、折口きずなの正体を、供犠さんは気になさっていたんじゃないですか？」

知るか。

「おやおや」

気にしてなんかいないさ。もう全部、思い出したから——そもそも、忘れてなんていなかった。一度も。ただ、ぼくの記憶と、貴様の語りには、ややズレがあるな。その微調整だけは特別にしておいてやろうか——でないと。

「死んでも死にきれませんか。素直に教えて欲しいと言えばいいのに——最後の最後までひねくれますねえ」

「折口きずなが『母親』という概念？　『箱舟計画』が反抗期？　その結果、りすかに己を出産させようなんて突飛《とっぴ》なアイディアに到達したんだとしたら、水倉神檎は、とんでもねえマザコン野郎ってことになるぞ」

「マザコンと言うと幼稚な悪口のようですが、そもそもマザーコンプレックスは、男女にかかわらず、誰もが抱える病でしょうに」

「神であろうと？　悪魔であろうと？」

「あなたであろうとね、供犠創貴《きずたか》さん」

無論、僕であろうと——と、水倉鍵は嫌らしく笑う。肩があれば、きっと竦《すく》めていたことだろう。

「母親を超えようとした水倉神檎が、娘を超えることができるのか——その世紀の決着を見届けられないのが、僕としてもはなはだ遺憾ではありますが、家庭内の問題には口出ししづらいですよねえ、供犠さん」

りすかは父親を探し、水倉神檎を超えようとしていたが——どっこい、実際は父親の水倉神檎のほうが、母親に見立てた娘を、超えようとしていた寸法か。つくづく家庭的でほっこりするぜ。

「ええ。まるで人間みたいでしょう？」

…………。

「人間味に溢れています、魔法使いは。もっとも、母性溢れる母親も、子供に好き勝手ばかりはさせません。『始まりの魔法少女』である折口きずなは『箱舟計画』を阻止するための手は打ちました……、かなり奇妙で、迂遠な手段ではありましたが

――」ぼくの沈黙に対し、水倉鍵は沈黙しない。首だけになってもよく喋る。ツナギも声帯を真っ二つにしておいてくれればよかったのに。「――人間の母親になるという禁じ手です」

「……ぼくの話に変わったのか？」

「実に供犠さんらしい自意識過剰です。面白いんだから――その傲慢に配慮して申し上げるなら、供犠さん『達』の話に変わったのですよ。『魔法の王国』に隣接する水際、佐賀県の問題児達の物語に」折口きずなは、彼ら彼女ら、あなたがたの母親になったのですよ、と水倉鍵は言った。「少年少女の母親に。供犠創貴は、その他大勢とは言わなくとも、その中大勢のひとりに過ぎません――子だくさんのひとりにね。言わば、佐賀県にばらまかれた種子の一粒ですよ」

「種子――」

「母親ですから卵子ですかね。僕なりに言えば、折口きずなは、水倉神檎の企みを阻止するための伏線を、まるで鉄条網のように張り巡らせたのです――その一本に、水倉神檎は……、もとい、破滅と共に彼を孕《はら》んだ水倉りすかが引っかかった」

　ぼくがいなくとも、城門を超えてきたりすかは、誰かと……、折口きずなの種子のひとつと、出会っていたということか。ぼくと出会おうと出会うまいと、りすかにとっては同じことだった――そう言われてしまうと、確かに自意識過剰のそしりは免れないな。

「おっと。今際《いまわ》の際となれば、さすがの供犠さんも殊勝ですね。規模の縮小と言いますか——」

「殊勝と言うほど勝ってないからな」

問題児の母親になり続けた魔女か——少年課の刑事になりきっていた理由も、わかろうというものだ。そこで人間の優等生を選りすぐらないところが、また彼女らしいとも言える。

「結島愛媛《ゆいしまえひめ》が激昂していた理由がわかったよ。ありえないことだったんだな。魔法使いにとっての母性の象徴である折口きずなが、たかが人間ごときの母親になるなんて」激昂させようとしていたタイミングだったから、ぼくにとっては渡りに船だったが——『箱舟計画』への対抗策。「別に実の息子ってわけじゃないから、そこはどうしようもない誤解とは言え——いや、満更誤解でもないのか。しかし、どちらにしても、大量の佐賀県民が折口きずなの養子になっていたというのは、ショッキングだったろうな」

「それがまさに狙いなわけで。フォローするつもりはありませんが、強《し》いて、子だくさんの中から供犠さんの特殊性を挙げるなら、あなたが折口きずなの、最後の息子であるということでしょうね」

「最後の？」

「ラストチャイルドですよ。可愛い末っ子とも言います。しかし、それは意図的なものではなく、我々の活躍、我々の妨害によるものですが――『王国』外で暗躍していた折口きずなを、当時の『六人の魔法使い』が始末したことで、彼女の計画は中断されたのです」当時の彼らは『夜明けの船』と名乗っていましたがね。『親殺し』であり『母親殺し』です。神をも恐れぬ、ね。もちろん犠牲は大きかった。当時のメンバーの大半は死滅しましたし――僕がメンバー入りしたのはその後のことです――、また、彼らは、彼女の企図の全容を把握することも、最近までできていませんでした――結局のところ、それが今回の敗因ですね」

貴様こそ殊勝だな。まだ負けたとは限るまいに――ふん。

「どうしました？　末っ子として、『終わりの少年』として、折口きずな、『始まりの魔法少女』に対して、思うところはないのですか？」

ない。貴様の言う通り、たまたまぼくが最後になっただけだろう。そりゃ誰かは最後になるだろうさ。順番や順序でしかない。どうしてぼくがそれを失念して――どころか、ただ離婚しただけの四番目の母親だと記憶違いをしていたのかは、謎として残すのか？

「ええ、ひとつくらいは。不思議じゃないと世の中つまらないでしょう？　それに、知りたくないでしょう？　真実が、自分を庇った母親が目の前で殺されたショックで、ご自身の記憶を書き換えてしまった供犠さんの心の脆弱《ぜいじゃく》さだなんて」

脆弱どころか贅肉だな、そんな感傷は。もしそれが真実なら、ぼくが『魔法使い』に、必要以上にこだわってしまった理由の説明になってしまいそうで、心底、うんざりするが……。

「どうぞしてください、好きなだけ。あるいは嫌いなだけ。いずれにせよ、あなたは母親の期待に見事に応えたと言えます。誇っていいんじゃないですか？」

……どうかな。その話を聞くと、折口きずなが期待していたのは、末っ子のぼくじゃなくて、長男の水倉神檎だったようにも思えるが——愛する我が子のために、『箱舟計画』に、あえて厳しめのハードルを設けたようにも。許嫁《いいなずけ》であるツナギのことも含めて。親が決めた許嫁——

「長男のために——あるいは、愛する孫のためにね」水倉鍵は、ぼくの推察を否定するでも肯定するでもなく、そうはぐらかした。「神のみぞ知る——ならぬ、母のみぞ知る、ですよ。子供を安全な檻に閉じ込めておきたいという過保護と、広がる大地を駆け回らせてあげたいという過放任は、両立しないものでもないでしょう——僕なりの見解を述べさせていただきますと、長男が勝とうと、末っ子が勝とうと、そして孫が勝とうと、グランドマザーはどうでもよかったんじゃないですか？」

　つまりは、お婆ちゃんの一人勝ちかよ。救われないオチだぜ。

「掬いようのない深海ですしね。サルベージは失敗です。では、僕は心置きなくこの辺で、海ならぬ天に召されようと思います。かようにしつこい僕でも、さすがに地獄まではお付き合いできませんので。話になりませんので」なぜか天国に行くつもりらしい水倉鍵は、切り上げにかかる――沈みゆくぼくと、距離ができていく。「またいずれと言いたいところですが、もう二度と、お目汚しにあがることはないでしょう」

「……待てよ」ぼくは引き留めた。ぼくが水倉鍵を引き留めるなど、まずありえないことだと思っていたが、それでも引き留めた。碇《いかり》のように。「まだ聞いてないぞ、もっとも重要な話を」

「？　供犠さんの話ですか？」

「水倉鍵の話だ」ぼくは言う。「結局、鍵ちゃんはいったい、何者だったんだ？」

「僕は文字通りの鍵ですよ。キーパーソンであり、キーワードです。呪文でもあります、呪いの文章。てっきり、とうに理解なさっていると思っていましたが――文章の文意を。水倉りすかという水の倉を、こじ開けるための鍵です」

「じゃなくって。それは役割であって、貴様自身ではないだろう――貴様は一体、誰なんだ？」

「……えへへ」水倉鍵は純粋無垢に、あるいは嬉《うれ》しそうに笑った。「まさかここに来て、僕自身にスポットを当ててくれるとは——僕のことなんて、どうでもいいと思っているとばかり」

「どうでもいいと思っているよ。どうでもよ過ぎて、わざわざ避けるまでもない話題だったってだけだ」喜ばせてしまったみたいで、ぼくはすごく嫌な気持ちになる。

「貴様が折口きずなの生まれ変わりとかじゃない限りは」

「それはありえないでしょう」

「でもなかろう。水倉りすかの中に水倉神檎がいたんだから、水倉鍵の中に折口きずながいても、何の不思議もない——覚えていようと忘れようと、生きていようと死んでいようと、ぼくの中に、折口きずながいたように」

「…………」

果たして、水倉鍵は……、このお喋りが、珍しく、しかも長く沈黙したかと思うと、

「水倉りすかさんならまだしも、僕のような者にまで、お母さんを見出すだなんて——ほんっと」

と、呆れたように首を振って——おかっぱ頭の死に首を振って、

「マザーコンプレックスですよ、この子は」

おべんちゃらばかり言っていたその唇で、ようやくのこと、ぼくを称えたのだっ

た。

★

★

「………………………………………………………………………………」
………………………………………………………………………………………
………………………………………………………………………………………
………………………………………………………………………………………
………………………………………………………………………………………
………………………………………………………………………………………
………………………………………………………………………………………
………………………………………………………………………………………
………………………………………………………………………………………
………………………………………………………………………………………
………………………………………………………………………………………
………………………………………………………………………………………
………………………………………………………………………………………

…………………………………………………………

…………………………………………………………

…………………………………………………………

…………………………………………………………

…………………………………………………………

…………………………………………………………

…………………………………………………………あ？」

唐突に目が覚めた。

それも海の下ではなく、ベッドの上でだ。

畳の上では死ねないことを覚悟していたこの供犠創貴だが、ベッドの上で、しかも、しかも、生きているだと？

その意味不明さに、ぼくはひとまず身を起こそうとしたが、身体がぴくりとも動かない。

まるででっかい漬物石でも載っけられているかのようだ。

否、ぼく自身の肉体が、鉛と化したように、ずしりと重たい。

重力が違う惑星にいるかのようだ。

だが、太陽系のどんな惑星であろうと、十歳の子供の肉体が重いなどということが、果たしてありえるか？

そもそも、殺風景なこの部屋の、ベッドも、天井も壁も、点滴も心電図も脳波計も人工呼吸器も、あらゆる設備が、供犠家のそれではない。

点滴も心電図も脳波計も人工呼吸器も？

「ここ……、病院？」

溺れ死んだはずのぼくが、運良く、どこかの陸地に漂着したとでも？

そして手厚い治療を受け、見苦しくも生き汚くも、一命を取り留めたとでも？

陸地はすべて、水倉神檎がかき集めたというのに？

いやいや、仮にそんな万が一がありえたとしても、全地球的な地殻変動が起こった直後に、ＥＲを開業している病院なんてあるはずがない。

そう思いながら、心電図の筐体《きょうたい》へと目を向けると（さすがに眼球だけならば重さは感じなかった）、そこにはこんなラベルが貼られていた。

『片瀬《かたせ》記念病院』。

「……どこかで聞いたような」

そう呟いたが、どこで聞いたのかを、起き抜けの頭で閃《ひらめ》く前に、もっと激しい違和感に、ぼくは襲われた。

なんだこの声は？

人工呼吸器を装着しているし、あちこちケーブルだらけだから、そう思っただけかもしれないけれど……、ぼくの声か、今のが？

「え――えぐなむ　えぐなむ　かーとるく」

耳を疑うとはこのことで、適当に呪文を詠唱してみるも、やはりそれが、自分の声だとはとても思えない。

ガラガラ声と言うか、いっそ野太いとすら感じる、酷い声音だ。

録音した自分の声は自分では変に聞こえる、なんてレベルじゃない。

まして生声だと言うのに。

喉を負傷したのか？

首を切り落とされたのは水倉鍵で、ぼくがえぐり出したのは心臓のはずなのに。

「きゃあああああ！」

この甲高い悲鳴は、ぼくの声ではない。

部屋の扉を、不躾《ぶしつけ》にもノックもせずに開けた、ナースの悲鳴だ。

彼女はぼくを、まるでモンスターを、あるいは巨大な赤ん坊でも見るような目で見て、手にしていたバインダーなどをすべて見事に取り落とし、踵《きびす》を返した。

興奮した様子で、こう叫びながら。

「先生！　六六六号室の患者が――十七年間昏睡状態だった患者の、意識が戻っています！」

……十七年？

何の冗談だ、と思いつつ、ぼくはバーベルのような右手を、今度こそと奮起して、布団の中から引っ張り出す。

重いのも当然だ、ぼくの右腕は、ぼくの知る右腕と比べて、倍近い長さと化していた。

太さは、否、細さは、まるで棒きれというか、削がれたゴボウのようではあるが……、まるで長年、運動もせずに眠っていたかのように。十七年間昏睡状態だったかのように……。

「…………」

肩が抜けそうになる感覚を味わいながら、ぼくは点滴に手を伸ばす。

正確には、点滴を吊すキャスター付きのスタンドにだ。

やはり巨大化した手指でそれをつかみ、ベッド際へずるずると引き寄せる。

スチール製のスタンドを、鏡代わりにするためだ。

「誰だ……、貴様は」

夢の中で、同じような質問を、それこそ誰かに投げかけたような気もする。

しかしそんなノスタルジィなど吹き飛ぶ衝撃だった、ポールに映った自分の顔は。

自分の顔と言うより、まあ、知らんおっさんと言ったほうが、ぼくの感想に近似する。

痩せこけて、覇気《はき》の欠片《かけら》もない中年男性が、そこには映っていた。

まあまあ、中年は言い過ぎなのか？

もしもこの人物が二十七歳の供犠創貴ならば。

「動いちゃ駄目だよ、供犠くん！　すぐに先生がいらっしゃるので、そのまま安静にしていて！」

先程のナースが戻ってきた。

またもノックはなかった。

いや、もしもぼくが本当に、長きにわたって昏睡しつづけていたのだとすれば、そんなマナーは実行されなくて当然だ。

むしろ、すぐに戻ってきてくれた点は、献身的だとさえ言える。

ぼくの駒にしてやってもいいくらいだ。

いや、もうそういうのはいいんだ。

「混乱するのはわかるけど、とにかく、冷静にね、供犠くん」

「供犠くん……」

「あ、供犠さん、だね。だってもう二十七歳なんだから」

「じゃなくて……どうして、ぼくの名前……」

「え？」

ぼくの疑問に、ナースはきょとんと首を傾げ、

「ああ。えーっと、そうだ、これ見て」

と言ってナースは、ベッド脇のキャビネットの上から、何かをピックアップした。

その何かは写真立てだった。

破れた写真が額装されている。

破れたと言うか、カッターナイフか何かで切りつけられたような写真が。

とある民家の前で、竹箒《たけぼうき》を持って立つ女性の写真だった。

人手に渡っていた、あの民家の前で、だ。

「供犠くん……、供犠さんが発見されたとき、唯一身につけていた持ち物なんだって。胸ポケットに入っていたって……、これできみの身元を特定したってわけ」

「…………」

おぼろげな記憶がうまく繋がらないが……、その写真が、楓《かえで》から託された、父親の形見であることは疑いようがなかった。

戦いには何の役にも立たないポートレート。

そこまではあえて訊《き》かなかったが、自ら死を選ぶ供犠創嗣《きずつぐ》もまた、その写真を胸に、頭を撃ち抜いたのだろうか。

ぼくが写真ごと胸を貫いたように。

あの状況でも、そんな写真を手放さないなんて……、溺れる者は藁をもつかむと言うけれど、ぼくは竹箒をつかんだということか。

「……看護師さん。今、何年……？」

「え？　えーっと……」

教えていいものかどうか、逡巡する姿勢を見せるナース。

しかし、嘘はつけないと思ったのか、先程教えた年齢から逆算すればすぐさま露見することと思ったのか、

「落ち着いて聞いてね。２０２０年よ」

と言う。

「そう……」

ぼくは嘆息する――そんな息は、人工呼吸器に押し返されることになるが。

「つまり、令和二年か」

「あれ？　なんで令和を知ってるの？」

昔、タイムワープをしたことがあって、と、そう答えかけたが、やめておいた。

気の利いた台詞を言ったり、ウイットに富んだりする必要は、もうないのだ。

水倉神檎と水倉りすか、『ニャルラトテップ』と『赤き時の魔女』の決着が、たとえどのようについたにしても、寝坊をしたぼくはこのように、決定的に出遅れ、見逃し、置いてけぼりを喰らってしまったのだから。

★　★

十七年前、諫早湾《いさはやわん》に漂着した十歳の少年が、十七年の意識不明状態から目を覚ましたと言えば、それなりにセンセーショナルな事件として、日本国中津々浦々を、時と場合によっては世界中すらを所狭しと駆け巡りそうなニュースだが、令和二年の日本は、あるいは2020年の世界は、そんな牧歌的な時と場合ではなかった。

ぼくが昏睡から目覚めたことなど、人工呼吸器がひとつ空いた以上の意味を、まったく持たなかったのだ。

世界中を所狭しと駆け巡っていたのは新型のウイルスだ。

お陰でぼくはジャーナリズムのおもちゃにならずに済んだとも言えるけれど、そんな前向きな気持ちにはとてもなれない。

ぼくがタイムワープで、りすかとツナギと三人で見た２０２０年も、いい加減ロクな佇まいじゃなかったが、まさかあのオリンピックが延期になっていようとは……。『箱舟計画』も形無しの未来である。

否、今はこれが現在であり、現実か。

もっとも、中止ではなく延期という現状は、つまり、五大陸はまだ、南極と共に、存在しているということを、同時に意味する。

融合することなく、それぞれがバラバラに。

無数の島で形成される日本列島も、九州島も、言うまでもなく。

「早くリハビリを終えて退院してよね。次の波に備えて、病床をひとつでも空けておきたいから、供犠くん」

例のナースから心ない激励を受けたが、しかし昏睡中のぼくが担当の彼女にかけていた手数を思うと、邪険にもできない。

リハビリと言っても、ぼくは大きな怪我をしているわけではなく（心臓にも、だ）、ただ寝たきりの生活で筋肉が枯渇《こかつ》しているだけなので、するべきことは栄養の摂取と、筋トレだけだった。

あとは適度な睡眠か。

十七年も寝こけないように、せいぜい気をつけなければ。

「大相撲？　春場所は無観客でおこなってたよ。夏場所は中止になって——名古屋場所を、名古屋じゃなくて、国技館でおこなう予定。今のところ」

「……国技館って、フェンシング会場の？」

「なんでそう思うのよ」

ナースの口の利きかたが、だんだん気安いどころかぞんざいと言うか、慣れ慣れしくなっているが、見逃しておこう。

声変わりした自分の声も、ようやく聞き慣れたことだし。

供犠くん呼ばわりも定着したが、それもいい。

究極の父娘《おやこ》喧嘩さえ見逃したぼくだ、今更その程度、ものの数ではなかろう。

ともかく、ぼくが十七年前に見た十七年後と、ぼくが目覚めた十七年後は最早、まったく違う十七年後だというわけだ。

未来が可変で、ちょっとした出来事で簡単に変わるなんてことは、様々なヴァリエーションの大人りすかを見て、ちゃんとわかっていたつもりだったが、こうして目の当たりにすると、戸惑わずにはいられない。

それに、なぜか不思議なことに、二十七歳の自分なんてものは、想像したこともな

か。

正直、二十七歳まで生きているとさえ、最初は思っていなかったんじゃなかろうかったな。

ましてこんなみすぼらしいと言うか、尾羽打ち枯らした感じになるなんて、夢にも……。

「ほらほら！　供犠くん！　後ろ向きなことを言わない！　スポーツジムがまだソフトオープン状態の中、リハビリとは言え、おおっぴらに筋トレ器具を使えるなんて幸せを享受してるんだからね！」

幸せか――全人類を幸せにするなんて嘯《うそぶ》いていたぼくが、まさかそんな幸せを享受しようとは、つくづく驚きだね。

懐かしいと言うには、ぼくの認識では、つい最近のことなのだが。

それにしても、供犠くん呼ばわりはまだしもとして、早熟でならしたこのぼくが、二十七歳になってから、こうも子供扱いされるなんて、まったく、未来には何があるかわからない。

今のところ、ぼくにも世界にも、２０２０年から見た未来にも、明るい兆しは見えていないが。

「……ところで、ぼくの父親は、まだ見舞いに来ない？　ナースさん」

「あー、うん。目が覚めたならそれでいい、警察のお仕事が忙しいって――わたしが言うのもなんだけれど、酷い父親だよね。入院費だけ出して、昏睡中もほとんど見舞いに来なかったなんて。生きているならそれでいい、とか、その頃も言っちゃっててさ――どうしたの、供犠くん。嬉しそうな顔して」

「嬉しいからね」

素直にぼくは答えた。

突っ張る意味は、もうない。

「生きているならそれでいい。ぼくもそう思うよ」

それでこそ、さすがぼくの父親だ。

もっとも、そんな風には、ぼくはもうなれない。

未来には何があるかわからなくとも、ありとあらゆる船に乗り遅れてしまったぼくは、何にもなれない。

★　★

筋力、ないし体力の増強は、巨大化した（と言っても、赤子ほど巨大ではない。身長、せいぜい百八十センチと言ったところだ）肉体の維持という意味で喫緊の課題ではあったが、それ以上に厄介な課題も、ぼくにはあった。

それが課題だと気付くのに時間を要してしまったことからもわかるように、つまり頭脳だ。

卓越した知略謀略が自慢だったはずのこのぼくの脳は、十七年の眠りによって、すっかり錆び付いてしまっていた。

考え続けることができない。

思考が連続しない。

こうしてせっせとリハビリに励んでいる今も、まだどこか、膜がかかったように、寝ぼけているような感覚が続いている。

そうでなくとも、十歳の頭脳のまま二十七歳になったんじゃあ、もう誰も、ぼくを神童とは呼ぶまい。

十歳で微分積分ができたらみんなちやほやしてくれるかもしれないが、二十七歳じゃあ、誰も誉めない。

そう、天才も二十歳過ぎればただの人と言うが、どころかぼくは、二十七歳である。

ぼくは魔法少女じゃない。

大人に変身したところで、凡人以下の駄人間ができあがるだけだった。

「駄人間？　なにそれ、面白い言葉」

ナースに鼻で笑われた。

「でも、ＳＮＳで書いたら物議をかもしそうだから、そういうのは２０２０年では控えめにね」

……それも、錆びた脳で理解するのにはえらく時間を要してしまったが、ぼくたち人類を駄人間と呼んだ魔法使いの連中は、どうやらこの２０２０年には存在しないらしい。

ひとりも。

ひとりも、だ。

つまり『魔法の王国』長崎県もない。

荒れ果てた魔界ということもまったくなく、かの地で暮らしているのも、魔法の使えない、普通の人間らしい。

「じゃあ——城門管理委員会は？　佐賀県と長崎県を隔てる、城門は？」

「城門？　ああ、両県の県境になぜか設置されている、ブランデンブルク門のレプリカのこと？」

「………………」

そんなローカル情報誰も知らんと思ったが、それ以上に知られていないのが、そびえ立つあの『城門』であり、歴史を誇るあの城門管理委員会らしい。

十七年前の血戦を経て、今、ないというだけではない。

遥か昔より、魔法使いも、魔法少女も、魔女も魔神も、『魔法の王国』も。

魔法そのものも、ずっと存在しなかったかのように、語られていて、語られることもない。


魔法は、魔法のように消えてなくなった。


「未来だけじゃなく、過去まで書き換わったということかな——まさしく、時間なんて概念は、酷く些細な問題だ」

強いて言えば、『六人の魔法使い』のひとり、『白き暗黒の埋没』の塔キリヤに見せられた、『魔法のない世界』に近い。

その記憶も、いい加減、朧《おぼろ》げだが……。

だが、まるで過去どころか、歴史ごと書き換えられてしまったかのようなこの現実を受け止めるには、ぼくの現在のおつむは、あまりにも、あますところなく貧弱だった。

むろん……、それを差し引いても、十七年間の空白を埋める作業は、なまなかじゃあない。

変わった未来だけでなく、変わった過去まで（たとえば福岡《ふくおか》県の県庁所在地は、この未来では博多《はかた》市ではなく、福岡市と言うらしい）を把握しなければならないとなると、ほとほと、途方に暮れたくもなる。

こういう変化は、ことあるごとにぼくに愚鈍扱いされていたりすかの、ささやかな復讐という気もするぜ。

「…………」

それはないか。

いくら『属性《パターン》』が『水』だからと言って、そんな陰湿な嫌がらせをするような魔法少女じゃ、あいつはなかった。

そして、その仮説は十七年前の血戦で、りすかが勝利を収めた前提に立っている。

もちろんぼくはそれを期待するが、結局のところ、魔法のすべてがかき消されているこの現状を思うと、良くて相打ち……、良くも悪くも相打ちというのが、順当なところじゃないだろうか？

しかし、鉛のような身体同様、鉛のように鈍った頭では、考えても考えても考えきれず、どうも確信が得られない――

「……行くしかないか、やっぱり」

「え？　行くしかないって、どこに？」

「長崎県、森屋敷市《もりやしき》」

言うならば、ぼく達の関ヶ原だ。

そう決意を込めての言葉だったが、ナースからの返答は、

「どこそれ？」

だった。

どうやら、博多市同様、そんな地名は現下の長崎県には存在しないらしい。

関ヶ原はあるのか、この2020年には？

そんな不安と不安定にかられつつ、住所……、覚えている限りの座標を説明する。

目印となる大きな風車についても、念押しと言うか、暖簾《のれん》に腕押しのように。

「風車……、遊園地のあるあそこかな？」

と、思案顔のナース。

「遊園地に行きたいだなんて、リハビリの成果で身体つきは凜々しくなっても、やっぱり中身は十歳児だねえ。可愛い可愛い」

「………」

遊園地化している、血戦の地が……。

関ヶ原もそうかもしれないが、ある意味で、そういう場所が観光名所となるのは、

歴史的必然だとしても……。

　歴史……。

「でも、行くなら急いだほうがいいよ。寒くなってきたらまた、ウイルスが猛威を振るうかもしれないから」

「？　マスクをして行けばいいんじゃなかったのか？」

「今は比較的落ち着いているけれど、状況が酷くなると緊急事態宣言っていうのが出て、県外への往来が制限されちゃうのよ。県の中に閉じ込められるなんて、最悪だよね」

「ああ」

　ぼくは頷く。

「そんなのは最悪だ、あらゆる陸地を統一したくなるくらい」

★　★

　二十七歳という若さ（鈍いなりの皮肉のつもりだ）にして人生の目的を失ったぼくではあったが、長崎観光というひとまずの目標を得たことで、リハビリに励みが出た。

わけでもないのだが、冬が到来する前に、つまり城門もないのに県境が封鎖される前に、どうにかこうにか、丸一日の外出許可を得ることができた。

まだ早いんじゃないかという意見もあったし、保護者なしのひとりで外出させるべきではないのではという意見もあったようだが、感染症の次の波に備えて病床をひとつでも多く確保したい病院側としても、ぼくに冬前には退院してほしいらしく、その辺りの工程をスキップすることができたようだ。

だいたい、十歳の子供じゃないんだから、保護者も親も、あったものじゃない。

「何かあったらすぐにこれを鳴らしてね」

と、ナースから手渡されたのが、PHS、失礼、スマートフォンではなく、防犯ブザーであったことは、ちょっと笑えたが。

ともかく、ぼくはその日、電車に乗って、森屋敷市、もとい、元森屋敷市へと向かった。

元ではないのか。

むろん、地元でも。

手錠でお手々を繋いでの、瞬間移動も、もうできない。

十七年ぶりの遠出に、車窓の風景を逐一記述したくなってしまうところだが、残念ながら脳の処理能力が追いつかなかった。

どころか、電車の乗り換えすらおぼつかない有様だ。

一生こんな、ぼんやりした頭のまま生きていくことになるんだと思うと、水倉神檎との戦い以上に絶望したくなる。

お先真っ暗とはこのことだ。

いっそ、深海に沈んで、そのまま死んでいたほうがよかったんじゃないかとさえ思う。

少なくとも、供犠創貴の人生の物語としては、そちらのほうが、よっぽどスタイリッシュだっただろう。

蛇足と言うか……、晩節を汚すとはこのことだ、まだ二十七歳だけれど。

自殺したくなる。

今度こそ。

どん臭くも乗り継ぎに失敗し続けた結果、到着するまでに本来の倍以上の時間がかかったが、それでも昼前には元森屋敷市には到着した。

正直、その実感は皆無で、ゆえにやり遂げたぞという達成感もなかった。

あらかじめ聞いていたことで、最初からわかっていたこととは言え、そこはもう完璧に遊園地だったからだ。

廃墟街でもなければ、魔界でもない。

三人で訪れたときの面影も、残滓《ざんし》も、感じ取ることはできない。

どこもかしこも徹底的に、ぼくの知る歴史は塗り潰されているが、なかんずく『魔法の王国』内は、丸ごと取り替えられたかのようである。

中でも徹底的に、この『魔道市』の歴史は、改変されているのではないかと思わされた。

地殻変動、そして時空変動の震源地である以上、むべなるかなでもあるけれど、やはり頭が回っていない……。

病み上がり、と言うか、起き抜けの身体を引きずってここまで来たというのに、がっかりを隠し切れない。

虚勢すら張れない。

十七年前のぼくなら、無駄足と看破してそもそもここまで足を運んでいないだろうし、まかり間違ってやってきたとしても、すぐにこの方針を見限って、佐賀へと戻ったことだろう。

しかし二十七歳の供犠創貴は、『折角《せっかく》ここまで来たのだから、一応、テーマパーク内に這入《はい》ってみるか』なんて思ってしまう、馬鹿だから。

長期入院の患者には、入園料も馬鹿にならないと言うのに。

そんなに風車が見たかったのか、ぼくは？

「やれやれ——本当、何をやっているんだか」

しかしながら、考えてみれば、遊園地に来るのは初めてかもしれない。

二十七年の人生において、と言うか、十年の人生でも。

父親にも、六人の母親の誰にも、もちろん折口きずなにも、連れてきてもらったことはない。

ぼく自身、間違ってもそういうところに遊びに行きたがる子供じゃなかったし。

だからというわけじゃないのだろうけれど、ふらふら入園したところで、いまいち勝手がわからなかった。

いったいどういう風に遊ぶのが正解なんだ、この施設は？

そもそもひとりで来るような場所ではない気もする……。

見渡せば家族連れやカップルばかりで、どうにも居心地が悪いことこの上ない。

例の感染症のせいで、閉鎖しているアトラクションも見受けられるが、それでも、ぼくが十七年前に見た廃墟や、水倉神檎の作り出した魔界とは、段違いで大違いの華やかさだ。

森屋敷市のことをさしおいても、自分とはまるで関係のないところに来てしまった場違い感があった。

「それでも、ひとつくらいはいい思い出を作って帰らないとな——」

手持ち無沙汰のあまり、十歳のぼくが聞いたら卒倒しそうな独り言を呟きつつ、入口でもらったパンフレットを確認する。

「――ロボット博物館というのがあるのか？　ふうん、魔法とまるで真逆だぜ……、ん」

と、マップの中に、それっぽいのを見つけた。

ぽいだけだが、なんでも四百トンにも達する大量の水を使用した屋内ショーらしい。

竜巻のような激しい大雨に呑まれる都市と紹介されれば、これはもう足を運ばざるを得ない。

いや、正直、そこまで激しく心を動かされたわけではないのだが、ナースにカステーラだけ買って帰るというのは、どうにも釈然としない気持ちが残る。

それに、案外、そんなアトラクションの中に、ヒントが隠されているかもしれないじゃないか。

どうやら水の女神を主題にしたショーらしいので、もしかすると、十七年前の水倉神檎と水倉りすかの血戦が、そういう形でこちらの歴史に伝承されている可能性はある。

そんなか細い可能性に縋《すが》るように、ぼくは該当アトラクションへと向かったのだが、結論から言うと、もちろんそんな戦略は、かすりもしなかった。

この勘の悪さ。

二十七歳の自分が凡庸であることを思い知るだけだった。

その屋内ショーで展開された物語は、魔法や魔法使いとは、まして魔法少女とはなんらかかわりのない、海外の神話だった。

海の外。

ショーそのものはダイナミックでなるほど一見の価値はあったものの、海外という概念が存在している時点で、パンゲアがかかわっているはずもなかろう。

アトラクション自体は楽しめてしまったあたり、子供らしい子供時代を持たず、その後の十七年もまるっきりの空白である供犠創貴としては、なんとも言えない気持ちになったが、これでは目的を果たせたとはとても言えない――

「あら――タカくんじゃないかしら、やっぱり」

入館するときも思ったけど、と、屋内ショー入口でバーコードを読み取っていた遊園地のキャストに、声をかけられた。

しまった、油断したか。

マスクもしているし、パンデミックのせいで時の人にもなれなかった昏睡少年が身バレするはずもないと自虐的に思い上がっていたが。

いや待てよ、タカくん？

幼気《いたいけ》な十歳の少年ならまだしも、可愛げのない二十七歳のおっさんを、そんな風に呼ぶか？

そそくさと立ち去ろうとしたぼくが、遅まきながらそう気付き、振り向いて確認すると、当該キャストは、同じく感染症対策のマスクを外して、素顔を見せた。

「わかるかしら？　私《わたし》のこと」

「そりゃあ――」

顔を見てわかったとは言いにくい、なにせ十七年ぶりだし、今のぼくは鈍い。

だが、マスクを、顎へと外すのではなく、額へ装着するような形へとずらしてみせたその姿は、ぼくにとって、忘れようもないそれだった。

見れば、キャストの制服も、着こなせているとは言いがたいほどのオーバーサイズで、だるんだるんだし。

だが、どういうことだ？

彼女は遊園地で働く大人ではなかったし。

二千年生きても、大人にはならないはずなのに。

「繋場《つなぎば》いたち――否、ツナギ」

「今はもう、繋場いたちのほうが本名かしら。元人間で、元魔法使いの――現、人間よ」

★　★

ぼくと同じく二十七歳の成人になったツナギ、という表現はおかしい。

それを言うなら彼女は二千歳なのだから、十七年など、ほんの誤差みたいなものだ。

しかし、その佇まいは、すっかり様変わりしていた。

少なくとも城門管理委員会の設立者であり『たった一人の特選部隊』だったツナギと、平和な遊園地のキャストが、一瞬で同定できなかったことばかりは、ぼくの脳が鈍化したからではないだろう。

「言っておくけれど――私に訊いても無駄よ、十七年前の血戦の結果は。決着は私の死後のことだからね」

連れて行かれたレストランで、大量のランチを注文してから、ツナギはそう言う。

マスクは額にかけたままだ。

「私も、『目が覚めたら』この遊園地で働いていた口かしら」

「……空いた口が塞がらないよ」

「私の口は塞がったみたいだけどね。五百十二の口の、ほとんどは」

大食いキャラは変わっていないようだが……、気が付いたら遊園地で働いていたというのも、すごい話だ。

職場を放棄して、来園者とランチに勤《いそ》しんでいるが。

「いいのよ。２０２０年、働き方改革。ブラックな城門管理委員会も、存在していないしね」

二十七歳の姿になっても、この二千歳児のとぼけた性格はさほど変わっていないようで、それだけはぼくを安心させてくれた。

目的は果たせなくとも、長崎まで来た甲斐があったと思わせてくれる。

しかし……。

「……死人まで生き返っているとなっちゃ、いよいよ滅茶苦茶だな」

「何よ。喜んでよ、ツナギちゃんの生還を。私はタカくんが目覚めたってネットニュースを見て、高鳴ったわよ。退院したら佐賀に会いに行こうと思っていたし、行けたら」

お前のほうがぼくをだいぶ後回しにしてるじゃないか、と言いたいところだったが、そんな憎まれ口を聞き流せる程度には、ぼくも大人になった。

なってしまった。

「もしかして、他の死人も、生き返っていたりするのか？　ほら、たとえば——」

「ええ。『眼球倶楽部』の人飼無縁《ひとかいむえん》は、眼鏡屋で働いているわ。『回転木馬』の地球木霙《ちきゅうぎみぞれ》はマネキン屋さん……、じゃなくて、彫刻家だったかしら？」

指折り数えるように、ツナギ。

「『泥の底』の蠅村召香《はえむらしょうか》は、接着剤とか作る薬品会社でチーフなんだっけ……、今は新型ウイルス対策のワクチン作りに駆り出されてるみたい。『白き暗黒の埋没』の塔《とう》キリヤは、ベッドとかの販売員。一日で枕、五百個売ったことあるそうよ？」

「なんだそのエピソード……」

「『偶数屋敷』の結島愛媛《ゆいしまえひめ》は、炭素カーボンの素材でスポーツ用品を作っていた……、のかな？　オリンピックが延期になって、割喰った奴よね」

「ふーん……で？」

「？　で？　って？」

「『六人の魔法使い』はもうひとりいただろ」

「いたっけ？」

ツナギはきょとんとする。

「ごめんね、私の記憶も、もう人間クラスだから。血戦に限らず、十七年前のことは、そこまで正確には覚えてないかしら。それでも他の魔法使い達よりは、覚えているほうなんだけれど……、誰のこと？　言ってくれたら思い出せるかも。もしかして、影谷蛇之《かげたにへびゆき》？　火住峠《ひずみとうげ》――とは、会ってないわよね、タカくんは」

「……椋井《むくい》むくろだよ」

「ああ、椋井ちゃん！　椋井ちゃんは元々人間よ、『眼球倶楽部』に殺された。『六人の魔法使い』じゃなくて私の部下だし。あの子も、ここで働いているわよ。今も私の部下として。呼ぼうかしら？」

いい、とぼくは遠慮する。

水倉鍵は例外か。

まあ、それでよかろう。

人間も魔法使いも、なんでもかんでも生き返らせてハッピーエンドなんて、そんなご都合主義な展開はまっぴらごめんだ。

影谷蛇之の現状は、あえて訊くまいよ。

「……りすかが勝ったんだと思いたいところだけれど、そうなると、血戦の勝者は水倉神檎だったのかな」

「ん？　なんでそう思うのかしら？」

「ある意味で、奴の悲願は達成されているじゃないか。すべての魔法使いは、『魔法の王国』から解放された。魔法という力を失い、人間となることで」

『箱舟計画』は阻止されても。

それでも新天地へと、船は出航した。

「『魔法の王国』を消滅させることで、全国全土への制限のない往来を実現させるとはね。こうもしっちゃかめっちゃかに歴史を変えたのは、水倉神檎のレガシーなのかも」

「それを言うなら、りすかちゃんの悲願だって達成されているでしょ。城門を撤去し、人間と魔法使いを融和させるっていう、子供っぽい幼稚なあれ」

「達成されているのかな？」

未来を変えようと、歴史を書き換えようと、結局、世の中はロクなもんじゃない。

魔法があろうとなかろうと、殺人事件は起こり続ける。

アリバイトリックも、誘拐も、プロバビリティの犯罪も、カニバリズムも、ハウダニットも、忌まわしい予言も、共犯も、密室も、悪夢も、礫も、自殺も、望まぬ妊娠も、なくならない。

ぼく達のやろうとしたことに、あるいは水倉神檎のやろうとしたことに、いったいどれほどの意味があったというのだろう？

生きていようと死んでいようと、所詮、世の中はなるようにしかならないんじゃないのか？

「はは……、ぼくがこんな、凡人みたいな絶望をするなんてな。その事実にこそ、死にたくなるよ」

「死にたくなる？　タカくんらしくもない」

「ツナギの言うぼくらしさは、十歳のぼくらしさだろ？」

「だとしても、折角助けてもらった命なんだから、そんなこと言っちゃ駄目でしょ」

倫理的なことを。

やはり十七年の時を経て、ツナギも、ぼくの知るツナギとは、外見のみならず中身も、変わっているようだ。

「そりゃ、医者には感謝しているよ——と言っても、怪我や病気をしていたわけじゃないから、より感謝すべきは、医者よりもナースなのかな」

そう思うと、忸怩《じくじ》たる気分にもなるが……、だが、あの小生意気なナースを見返してやりたいという反骨心が、凡人と化し、落ち込みがちなぼくにリハビリを続けさせていることも、認めざるを得ない事実か。

それを認められることが、また凡人と化した証《あかし》でもある。

「そうじゃなくってさ……、あー、どう言えばいいのかしら。私ったら、すっかり口下手になっちゃって」

　ツナギは困ったように言う。

　もしかして、ぼくが胸ポケットに入れていた折口きずなの写真のことを言っているのだろうか？

　四番目の母親の愛情がぼくを助けてくれたのだなんて、それこそ、感傷でしかなかろうが……、溺れる者は竹箒をつかむなんてのは、ただのたとえ話でしかない。

　それとも、あのポートレートに魔法式が組み込まれていて、それが発動したとでも？

　魔法なんてこの世にないのに。

「目標を見失ったのは私も同じだけど、死のうとは思わないわけよ。こうして立派に働いている」

「サボってるじゃないか」

　とは言え、二千年にわたる目標の消失がもたらすショックなど、想像を絶する。

　しかも、魔法を失って。

　ぼくなんかよりも、よっぽど絶望的になっていてもおかしくないのに――

「そうね。いっそ十七年前のあのとき、死んだままのほうがよかったって、何度も思ったわよ」

「……そんな思いを、いったいどうやって吹っ切ったんだ？」

「口で言っても伝わるかしら——百聞は一見にしかず、じゃなくて」

ツナギは言葉を選ぶようにする。

「案ずるよりも産むがやすし、ね。タカくん、島に行きなさい」

「島？」

「そ。そういうことなら、来るのは遊園地でも王国でもなく、島よ——お手持ちのガイドブックに載ってるかしら？」

遊園地だけ見て病院にとんぼ返りする予定だったから、そもそもガイドブックなんて持ってきていない。

えっと、確か、長崎県で島と言えば、五島列島だっけ？

十歳の頃の知見だが……。

「ノンノン。あれだけ血まみれになりながら戦い続けたタカくんなら、ピンと来ると思ったけど、平和になったものね……、世の中も、頭の中も」

ぺろりとランチを食べ終えて、さすがにそろそろ仕事に戻る気なのだろうか、ツナギはマスクを口元に戻す。

もちろんその額に、口なんてない。

「りすかちゃんに会いたいのなら、行くべき島は、軍艦島に決まってるじゃない」

「ぐんかんじま――」

軍艦島は、正式には端島《はしま》と言い、長崎県に属する小さな島のひとつだ。

かつて一世を風靡した炭鉱の島で、働き手とその家族からなる多くの住人が住んでいたが（東京よりも人口密度が高かったそうだ）、今現在は無人島。

通称は物騒だが、軍艦とは関係がない……、軍港があったわけでも造船所だったわけでもなく、なんでも遠目に見れば、シルエットが軍艦のように見えるということだ。

また、一世を風靡したと言うならば、世界遺産に指定され、遊園地ばりに観光客が押し寄せる今現在のほうが、風靡しているとも言えなくはないが、正直、決め台詞っぽく直截《ちょくせつ》的に名を挙げられても、まだピンとは来なかった。

と言うより、ぼくが知っている歴史にも存在していた島なのかどうかを疑ってしまう。

その真偽の確かめようはない。

いや、真偽と言うなら、ぼくの知る『魔法の王国』のほうこそ、今となってはすべて偽物だ。

それを受け入れないことには、どれほどリハビリを続けようと、ぼくは一歩も踏み出せない。

「私が観光船を予約しておいてあげるから、今から行ってくれば？　乗り継ぎに失敗しなければ、ぎりぎり今日中に佐賀に帰れるでしょ」

「自信がないな……」

今から直接帰ろうとしたところで、今日中に佐賀に帰れるかどうか不安なくらいだ。

かつて自信家だった二十七歳のぼくは、今や、まったく自分が信じられない。

「世話が焼けるわね。あはは、私がタカくんの世話を焼くなんて、新鮮――長生きはするものかしら。じゃあ、この遊園地にも港はあるから、園長のコネを使って、軍艦島までの直行便を出してあげるわよ」

「そ、そんなことしていいのか？　上陸人数の制限された世界遺産だろ？」

「それもタカくんらしからぬ、常識に囚われた発言ね。そんな台詞を聞くと、長生きなんてするもんじゃないって思っちゃうけど――それでも私は生きるわけ」

「はあ……、だけど、直行便って。プライベートジェットじゃあるまいし、そんな無理を通してもらうわけには――たかが一ゲストに」

「お客様は神様よ。神にして悪魔の、お客様」

それに、とツナギは続けた。

「知らない仲じゃないしね。園長とタカくんは。その程度の融通は、きっと利かせてくれるわよ。運がよければ――ね」

「運がよければ？」

その言葉に、ぼくは不穏な気配を感じずにはいられない。

「もしかして、この遊園地の園長って……」

「水倉破記《はき》園長――出世したものよね。水倉姓一の落ちこぼれ筋の魔法使いが、森屋敷市の長だなんて」

だとすれば、実に遺憾なことに、断る理由はなさそうだった。

そうだな、『六人の魔法使い』が生き返っているのに、六十六万六千六百六十六人の魔法使いを向こうに回した、あの『迫害にして博愛の悪魔』が、存命でないわけもない。

しかし……、『国』の長ではなく、『園』の長というのは、なんともかとも、あの男らしいぜ。

「何なら挨拶していくかしら？　風車の中で職務中だけど」

「いやいや、一刻一秒を争うから、またの機会にしよう」

ぼくは固辞した。

水倉破記の名前を出されて、なんだか、体《てい》よく乗せられてしまった気もするが……、遊園地で童心を取り戻すまでもなく中身が十歳児であるぼくは、次なる観光地へと向かうことになったのだった。

★　★

王国に閉じ込められた魔法使い達の船出を阻害し続けたぼくが、その跡地から航海に打って出るというのも、いよいよ世の末も極まった感じである。

返す返すも隔世の感。

と、ぼんやり感じ入っていられたのも、水倉破記園長が用意してくれた高速艇が、軍艦島に接近するまでのことだった。

その陸影と言うのか、島影が見えてきたときだろう、十七年間寝こけていたぼくが、真に覚醒したと言えるのは。

「りすか――」

先述した通り、あるいはガイドブックに記載の通り、正式名称端島が軍艦島と呼称されるのは、そのシルエットゆえである。

一世を風靡した炭鉱時代の建築物跡、密集した住宅地の痕跡、つまり廃墟群が、遠目には軍艦のように見えるから、そう呼ばれる。

誰が呼んだか知らないし、現役時代からそう呼ばれていたのかどうかも知らないが、いずれにせよ素晴らしいネーミングセンス（『名付け親《ネイミング》』……）であることは間違いなく、そんなインパクトのある名前で呼ばれていなければ、その後、世界遺産に指定されたかどうかわからないと言っても過言ではなかろう。

　だがしかし、そうは言いつつ、ぼくには水平線に見えてきた端島のシルエットが、まったく軍艦には見えなかった。

　ぼくには——帽子に見えた。

　魔女がかぶるような、先の折れた三角帽子に……、巨大な三角帽子に。

　もっと言えば、魔女の墓標のように見えた。広大な海の上に、ぽつんと浮いたその帽子は、

「——りすか」

　ようやく見つけた、歴史から失われたはずの、十七年前の血戦の痕跡のように。

　あとから聞けば軍艦島は、炭鉱として多くの住民を抱えていた頃、島面積を拡張するためにコンクリートで陸地を造成したそうで、無理矢理に広げられたその土地の形状ゆえに、帽子の鍔《つば》のようにたとえられることもあるのだと言う。

　まあ、通称が『帽子島』じゃあ、やはり世界遺産には指定されなかったかもしれな

いけれど、それでも、それを知らない二十七歳の知識でも、もうぼくにはそのシルエットは、彼女の帽子であるようにしか思えなかった。

むろん、人によるだろう。

一種のロールシャッハテストで、たとえば『六人の魔法使い』が見れば、そのシルエットはやっぱり軍艦のようで、あるいは水倉神檎の象徴である『箱舟計画』を連想するかもしれない。

だけど、ぼくにとっては三角帽子だ。

魔法少女のレガシーでしかありえない。

それがぼくの深層心理で、真相の真理だ。

白状すれば、そのシルエットを崩したくなくて、高速艇をそこで停めてもらったほどだ。

どうせこんな形で海を渡ってきた非正規の観光客は、上陸させてもらえないだろうし。

だったら、このまま遠目に眺めたい。

王、どころか、世界遺産と化した魔法少女を。

ツナギがここに向かうように勧めた真意がどこにあったのかはわからない。

それを察せられる洞察力は、今のぼくにはない。

案外、地元民として、ただただ自慢の名所を、気晴らしに勧めただけかもしれないくらいだ。

だけど、わかったこともある。

『死のうとは思わない』。

『助けてもらった命なんだから』。

まったく愚鈍だ、深海に沈んだ自分が、たまたま諫早湾に漂着したと思うなんて……、何が溺れる者は竹箒をもつかむ、だ。

医者やナース以前に、まずはりすかが助けてくれたに決まっているじゃないか。

ツナギや魔法使い達同様に。

ぼくも、書き直された歴史の一部なのだ。

写本を繰り返していた彼女の著作物。

魔道書ならぬ歴史書の登場人物。

海そのものになった彼女以外の誰が、ぼくを深海から掬い、救いあげられるというのだ？

ぼくだけじゃない。

ツナギだって、他の魔法使いだって、人間だって……、大海も大陸も、魔法少女はすべてを救った。

すべてを救って、すべてを産んだ。

己の命と引き換えに。

人間と魔法使いが融和した、新たなる世界を産んだ。

たとえ神でも、たとえ悪魔でも、そんなファンシーなファンタジー、『ニャルラトテップ』水倉神檎にはできっこない。

幼稚で子供っぽい、魔法少女にしか不可能だ。

この瞬間、ぼくは水倉りすかの勝利を確信したのだった。

彼女の勝利を。

そして、彼女の死を。

「……いや、違うな」

勝利したことに疑いはない。

だが、命と引き換えにというのはどうなのだろう？

それはぼくの勝手な感傷じゃないか？

ツナギはそう思っているからこそ、目的を見失っても、昔のままに明るく気ままに生きているのだろうし、水倉破記も、故郷を守り続けているのかもしれない。

ぼくも正直、島のシルエットを見たときには、それを魔女の墓標のようだと感じた。

さながら推理小説の見立て殺人のように、島を帽子に、そして墓標に、ぼくは見立てた。

違う。

あれは墓標じゃなくて、目標だ。

たとえ歴史がすべて塗り変わろうと、新しい判型で復刊されようと、りすかは、決して死んだわけじゃない。

水倉りすかはぼくの中に生きている。

折口きずなが、ぼくの中に生きていたように。

これからも生き続ける。

ぼくが生きている限り。

なぜなら、ぼくの身体は半分以上……、否、それらの血液はすべて、心臓も含めて、この大海へと返却した。

だがしかし、それでもなお、今もなお、これからもなお。

ぼくのすべては——りすかのものだ。

十七年の空白だって？

十七年で錆び付いて鈍化したって?

くだらない。

それがどうした。

時間なんて概念がひどく些細な問題なのが、このぼくである。

いっぱい運動して、

いっぱい食べて、

いっぱい本を読んで、

いっぱい夢を見て、

いっぱい友達を作る。

十歳の子供にだって、できることだ。

★　★

——更に十七年後。

ぼくは片瀬記念病院にいた。いや、リハビリの甲斐無く、2037年現在もなお入院中というわけではない。

ぼくがいるのは、病室ではなく待合室だ。それも、産婦人科の——残念ながら立ち会い出産は、２０３７年現在もなお、医学的に推奨されていない。

２０２０年の時点では、まさか新型の感染症が、十七年後もまだ収束を見ていないとは、誰も予想していなかったろうが――名称が『新型』ではなく、『伝統』などと改称された程度だ――この分じゃあ、ぼくが内閣総理大臣にまで上り詰めた暁にも、国難であり続けるのかもしれない。

否、世界難か――玄界灘ならぬ。

全国全土への制限のない往来はあれからもなんとか維持できているものの、あれから十七年にわたってオリンピックが延期され続けていることからも明白なように、全世界への自由な渡航については、いまだ目標段階である。

『赤き時の魔女』から引き継いだ、目標。

もっとも焦りは禁物だ。

ぼくはまずは佐賀県知事の任期をまっとうしなくては――結局のところ、十七年間の研鑽を経ても、ぼくの知能が十歳の頃の輝きを取り戻すことはなかった。

失われた脳細胞は二度と再生しないという説は、もうとっくに否定されたはずだが、それでも、取り返しのつかないものはあるようだ――それでも、それならばそれで、やりようはあった。

諫早湾に漂着し、十七年間の昏睡状態から目覚めた元少年というセンセーショナルな肩書きを最大限に活用して、退院後、ぼくは政界に打って出た——魔法を活用していた頃を思うと信じられないくらいのかったるい手間暇だが、凡庸と化したぼくには、それが一番スピーディなルートだった、世直しのための。

県警幹部の息子という看板も遠慮なく使った。

些細な問題と言いつつ、思ったより時間がかかっているのも事実だ——日本を手中に収めるくらいはなんとかなりそうだが、しかしこの分じゃ、世界に手が届く前に、寿命が尽きてしまいそうだな。

あまり長生きできるとも思っていない。

命は大切にしたが、身体を大切にしたとは言いがたい……なので、そのときは、次世代に望みを託すまでだ。

ありし日の水倉神檎が、そうしたように。

もっとも、二十七歳まで生きていられるとは思っていなかったように、四十四歳まで生きていられるとも思っていなかったわけで、案外、この調子で二千歳まで生きられたりしてな。

「知事ィ！　産まれましたよゥ！」

と。

休めと言うのも聞かずに分娩室の扉に張り付いていたらしい第一秘書の楓が駆け寄

ってきた――歳も歳なんだから、院内でなくとも走るのはやめろと言いたいところであるが、ぼくの行きつけのコーヒーショップの店長と違って、楓は『ばあや』扱いを嫌うし、その知らせには、物思いにふけっていたぼくも、立ち上がらざるを得ない。

本来、そういう知らせは秘書ではなく医療従事者が齎《もたら》してくれるしきたりだろうけれど、しかし、この片瀬記念病院にいるぼくのかかりつけのナースは、まさしく分娩室の中にいるので、仕方がない。

ちなみに彼女の名前は在賀《ありが》織絵《おりえ》と言う。

夫婦同姓などというくだらない制度は、ぼくが知事になった時点で、佐賀県では廃止された――別にそれを待って婚姻関係を結んだわけでもないが、下手に政略結婚をするよりは、リハビリに付き合ってくれたナース、または小学生の頃の同級生と夫婦になるほうが、有権者への好感度が高かろうという計算は、むろんあった。元犯罪者を秘書に雇い、更生の機会を与えるのと同じ意味である。いずれは中央に、そして世界に打って出る目算はあろうと、今は地縁をアピールせねば。

贖罪の気持ちも、決してなかったわけじゃないと、一応は言っておくか――そう言えば長崎県から転校してきた水倉りすかに、最初に優しくしたのは、在賀織絵だななんてエピソードもあったな。

ならば魔法少女は、ぼくに償うチャンスをくれたのかもしれない――供犠くん呼ばわりとか、道理で慣れ慣れしかったわけだが、ぼくのほうはナースがあの在賀織絵と気付くまで、一年近くかかったのだから、およそ鈍いにもほどがある。

ちなみにと言うならもうひとつちなみに、ぼくがなかなか気付かなかったことがどうやら相当お気に召さなかったようで、妻がそれを教えてくれたのは、一緒に暮らすようになって以降のことだった。

「母子共に無事な安産だったそうですよぉ。なんだかんだで奥様も高齢出産ですから、心配していましたがァ――」

「ふん。ぼくは何の心配もしていなかったよ」

「またまたァ。供犠さんったらァ、長崎県知事との会談という公務を投げ出して病院に駆けつけていらっしゃった癖にィ」

「そう振る舞うほうが有権者の受けがいいと踏んだまでだ。遊園地出身の政敵など、待たせておけばいい」

ともすれば強がっているように聞こえるかもしれないし、すぐ気付かなかったくらいならまだしも、何せ一度殺した後ろめたさがあるので、尻に敷かれがちなぼくではあるが、本音である――在賀織絵に関しては、何の心配もいらない。

立ち会えなくとも、お守りを持たせておいたからな――一葉の破れた写真を内封した、安産祈願のお守りを。

だから、ぼくが気になるのは他の点だ。

「男の子？　女の子？　どちらでもいいけど、ベストのリアクションが変わってくるから」

「有権者受けばかり考えてますねェ」

「これに限っては妻受けを考えている。第一声まで一瞬の間も開けたくない」

「女の子ですよゥ」呆れた様子で、しかし、楓はネタバレしてくれた、未来視のように。「可愛い赤毛の、女の子」

「――――」

一瞬どころではない間が開いてしまった。

しかし、それこそ未来視のように、予想してしかるべき事態でもあった――四十四歳になっても、どこまで鈍いんだ、ぼくは。

ぼくのすべてがりすかのものなら、当然、そういうことも起こりうるに決まっているじゃないか。水倉神檎が己の娘を魔法陣としたように、水倉りすかもまた、供犠創貴を、あるいは在賀織絵を、己の魔法陣とすることも。

命と引き換えに、なんて。

見様によってはぼく以上に自殺を拒む水倉りすかが、たとえ世界を救うためであっても、己の命を投げ出したりするものか――次世代に託すことこそ、あろうとも。

次世代に。

「如何なさいましたァ？　知事ィ。あるいは未来の総理ィ。頑張った奥様にィ、そして念願の我が子にィ、早く会いに行ってあげてくださいよォ」

「ああ――もちろん」

楓ばあやに急《せ》かされて気を取り直し、表情を整え、ぼくは踏み出す。新たなる一歩を。

「だが、会いに行くってのは、少し違うな。間違いだ」

「はいィ？」

「会いに行くんじゃない。愛しに行くんだ」

まずは十年――そしてそれから、十七年。

大人になるまで、溺愛しよう。

『Magical Witch Risker』is R.I.P.

本書は二〇二〇年十二月、小社より講談社ノベルスとして刊行されました。

|著者| 西尾維新　1981年生まれ。2002年に『クビキリサイクル』で第23回メフィスト賞を受賞し、デビュー。同作に始まる「戯言シリーズ」、初のアニメ化作品となった『化物語』に始まる〈物語〉シリーズ、「美少年シリーズ」など、著書多数。

新本格《しんほんかく》魔《ま》法少女《ほうしょうじょ》りすか4

西尾《にしお》維新《いしん》

講談社文庫
定価はカバーに
表示してあります

2022年12月15日第1刷発行

発行者——鈴木章一
発行所——株式会社　講談社
東京都文京区音羽2-12-21　〒112-8001
電話 出版 (03) 5395-3510
販売 (03) 5395-5817
業務 (03) 5395-3615

KODANSHA

デザイン—菊地信義
本文データ制作—講談社デジタル製作
印刷———株式会社KPSプロダクツ
製本———株式会社国宝社

Printed in Japan

ISBN978-4-06-529616-5

講談社文庫刊行の辞

二十一世紀の到来を目睫に望みながら、われわれはいま、人類史上かつて例を見ない巨大な転換期をむかえようとしている。

世界も、日本も、激動の予兆に対する期待とおののきを内に蔵して、未知の時代に歩み入ろうとしている。このときにあたり、創業の人野間清治の「ナショナル・エデュケイター」への志を現代に甦らせようと意図して、われわれはここに古今の文芸作品はいうまでもなく、ひろく人文・社会・自然の諸科学から東西の名著を網羅する、新しい綜合文庫の発刊を決意した。

激動の転換期はまた断絶の時代である。われわれは戦後二十五年間の出版文化のありかたへの深い反省をこめて、この断絶の時代にあえて人間的な持続を求めようとする。いたずらに浮薄な商業主義のあだ花を追い求めることなく、長期にわたって良書に生命をあたえようとつとめるところにしか、今後の出版文化の真の繁栄はあり得ないと信じるからである。

同時にわれわれはこの綜合文庫の刊行を通じて、人文・社会・自然の諸科学が、結局人間の学にほかならないことを立証しようと願っている。かつて知識とは、「汝自身を知る」ことにつきていた。現代社会の瑣末な情報の氾濫のなかから、力強い知識の源泉を掘り起し、技術文明のただなかに、生きた人間の姿を復活させること。それこそわれわれの切なる希求である。

われわれは権威に盲従せず、俗流に媚びることなく、渾然一体となって日本の「草の根」をかたちづくる若く新しい世代の人々に、心をこめてこの新しい綜合文庫をおくり届けたい。それは知識の泉であるとともに感受性のふるさとであり、もっとも有機的に組織され、社会に開かれた万人のための大学をめざしている。大方の支援と協力を衷心より切望してやまない。

一九七一年七月

野間省一

講談社文庫 最新刊

田中芳樹
創竜伝１４
〈月への門〉
群がる敵を蹴散らしつつ竜堂兄弟は帰宅のための東進を開始！　完結に向けて再始動！

藤本ひとみ
密室を開ける手
祖父の死、父の不審な行動、自らの幼少時の記憶。閉ざされた〝過去〟を開く鍵はどこに？

風野真知雄
潜入　味見方同心㈤
〈牛の活きづくり〉
獣の肉を食べさせる店に潜入して、悪党たちを退治。謎と珍料理があふれる痛快捕物帖！

橋爪駿輝
スクロール
若い世代の共感を得た全５編収録。鈍色《にびいろ》の青春を駆ける物語。２０２３年２月公開映画原作。

森　博嗣
積み木シンドローム
〈The cream of the notes 11〉
コロナ後の社会での新常識からエンジンへの偏愛まで、人気作家の１００のエッセイ。

佐々木裕一
乱れ坊主
〈公家武者信平ことはじめ㈩〉
妻・松姫つわりの頃、信平は京の空の下。離れて育む愛もある。大人気時代小説シリーズ！

角田光代
石田衣良　ほか
こどものころにみた夢
23名の小説家・イラストレーターが夢をテーマに競作した超豪華アンソロジーを文庫化！

西尾維新
新本格魔法少女りすか４
りすか一行はついに、父・水倉神檎《みずくらしんご》のもとへ——。時を超える魔法冒険譚、感動の完結巻！

伊兼源太郎
Ｓの幕引き
〈地検のＳ〉
湊川《みなとがわ》地検の陰の実力者・伊勢《いせ》が、ついに積年の宿敵と対峙《たいじ》する。傑作検察ミステリー最終巻！

講談社文芸文庫

菊地信義　水戸部　功　編

装幀百花
菊地信義のデザイン

解説・年譜＝水戸部　功

装幀デザインの革新者・菊地信義がライフワークとして手がけた三十五年間の講談社文芸文庫より百二十一点を精選。文字デザインの豊饒な可能性を解きあかす決定版作品集。

978-4-06-530022-0
きＬ１

小島信夫

各務原・名古屋・国立

解説＝高橋源一郎　年譜＝柿谷浩一

妻が患う認知症が老作家にもたらす困惑と生活の困難。生涯追い求めた文学表現探求の試みに妻との混乱した対話が重ね合わされ、より複雑な様相を呈する——。

978-4-06-530041-1
こＡ11

日本推理作家協会編 Doubt《ダウト》きりのない疑惑〈ミステリー傑作選〉
日本推理作家協会編 Bluff《ブラフ》騙し合いの夜〈ミステリー傑作選〉
日本推理作家協会編 ベスト8ミステリーズ2015
日本推理作家協会編 ベスト6ミステリーズ2016
日本推理作家協会編 ベスト8ミステリーズ2017
日本推理作家協会編 2019ザ・ベストミステリーズ
二階堂黎人 ラン迷宮〈二階堂蘭子探偵集〉
二階堂黎人 増加博士の事件簿
二階堂黎人 巨大幽霊マンモス事件
新美敬子 猫のハローワーク
新美敬子 猫のハローワーク2
西澤保彦 新装版 七回死んだ男
西澤保彦 人格転移の殺人
西村 健 ビンゴ
西村 健 地の底のヤマ(上)(下)
西村 健 光陰の刃《やいば》(上)(下)
西村 健 目撃
楡 周平 修羅の宴(上)(下)
楡 周平 バルス
楡 周平 サリエルの命題
西尾維新 クビキリサイクル〈青色サヴァンと戯言遣い〉
西尾維新 クビシメロマンチスト〈人間失格・零崎人識〉
西尾維新 クビツリハイスクール〈戯言遣いの弟子〉
西尾維新 サイコロジカル(上)〈兎吊木垓輔の戯言殺し〉(下)〈曳かれ者の小唄〉
西尾維新 ヒトクイマジカル〈殺戮奇術の匂宮兄妹〉
西尾維新 ネコソギラジカル(上)〈十三階段〉
西尾維新 ネコソギラジカル(中)〈赤き征裁vs.橙なる種〉
西尾維新 ネコソギラジカル(下)〈青色サヴァンと戯言遣い〉
西尾維新 ダブルダウン勘繰郎《かんぐろう》 トリプルプレイ助悪郎《スケアクロウ》
西尾維新 零崎双識の人間試験
西尾維新 零崎軋識《ぜろざききししき》の人間ノック
西尾維新 零崎曲識の人間人間
西尾維新 零崎人識の人間関係 匂宮出夢との関係
西尾維新 零崎人識の人間関係 無桐伊織との関係
西尾維新 零崎人識の人間関係 零崎双識との関係
西尾維新 零崎人識の人間関係 戯言遣いとの関係
西尾維新 xxxHOLiC アナザーホリック ランドルト環《かん》エアロゾル
西尾維新 難民探偵
西尾維新 少女不十分
西尾維新 本題〈西尾維新対談集〉
西尾維新 掟上《おきてがみ》今日子《きょうこ》の備忘録
西尾維新 掟上今日子の推薦文
西尾維新 掟上今日子の挑戦状
西尾維新 掟上今日子の遺言書
西尾維新 掟上今日子の退職願
西尾維新 掟上今日子の婚姻届
西尾維新 掟上今日子の家計簿
西尾維新 新本格魔法少女りすか
西尾維新 新本格魔法少女りすか2
西尾維新 新本格魔法少女りすか3
西尾維新 人類最強の初恋
西尾維新 人類最強の純愛
西尾維新 人類最強のときめき
西尾維新 人類最強の sweetheart
西尾維新 りぽぐら！
西村賢太 どうで死ぬ身の一踊り
西村賢太 夢魔去りぬ

講談社文庫　目録

西村賢太　藤澤清造追影
西村賢太　瓦礫の死角
西川善文　ザ・ラストバンカー〈西川善文回顧録〉
西川　司　向日葵《ひまわり》のかっちゃん
西　加奈子　舞台
丹羽宇一郎　民主化する中国〈習近平がいま本当に考えていること〉
貫井徳郎　新装版　修羅の終わり(上)(下)
貫井徳郎　妖奇切断譜
額賀　澪　完パケ！
A・ネルソン　「ネルソンさん、あなたは人を殺しましたか？」
法月綸太郎　雪密室
法月綸太郎　法月綸太郎の冒険
法月綸太郎　新装版　密閉教室
法月綸太郎　怪盗グリフィン、絶体絶命
法月綸太郎　怪盗グリフィン対ラトウィッジ機関
法月綸太郎　名探偵傑作短篇集　法月綸太郎篇
法月綸太郎　キングを探せ
法月綸太郎　新装版　頼子のために
法月綸太郎　誰彼《たそがれ》〈新装版〉

乃南アサ　不発弾
乃南アサ　地のはてから(上)(下)
乃南アサ　チーム・オベリベリ(上)(下)
野沢　尚　破線のマリス
野沢　尚　深紅
野村克也／宮本慎也　師弟
乗代《のりしろ》雄介《ゆうすけ》　十《じゅう》七《しち》八《はち》より
乗代雄介　本物の読書家
橋本　治　九十八歳になった私
原田泰治　わたしの信州
原田泰治／原田武雄　泰治が歩く〈原田泰治の物語〉
林　真理子　みんなの秘密
林　真理子　ミスキャスト
林　真理子　ミルキー
林　真理子　新装版　星に願いを
林　真理子　野心と美貌〈中年心得帳〉
林　真理子　正妻(上)(下)〈慶喜と美賀子〉
林　真理子　大《お》原《はら》御《ご》幸《こう》〈帯に生きた家族の物語〉
林　真理子　さくら、さくら〈おとなが恋して〈新装版〉〉

林　真理子／見城　徹　過剰な二人
原田宗典　スメル男〈新装版〉
帚木蓬生　日御子(上)(下)
帚木蓬生　襲来(上)(下)
坂東眞砂子　欲情
畑村洋太郎　失敗学のすすめ
畑村洋太郎　失敗学実践講義〈文庫増補版〉
はやみねかおる　都《ま》会《ち》のトム&ソーヤ(1)
はやみねかおる　都《ま》会《ち》のトム&ソーヤ(2)〈乱！　RUN！　ラン！〉
はやみねかおる　都《ま》会《ち》のトム&ソーヤ(3)〈いつになったら作戦《ミッション》終了？〉
はやみねかおる　都《ま》会《ち》のトム&ソーヤ(4)〈四重奏〉
はやみねかおる　都《ま》会《ち》のトム&ソーヤ(5)〈IN堺戸〉(上)(下)
はやみねかおる　都《ま》会《ち》のトム&ソーヤ(6)〈ぼくの家へおいで〉
はやみねかおる　都《ま》会《ち》のトム&ソーヤ(7)《怪人は夢に舞う〈理論編〉》
はやみねかおる　都《ま》会《ち》のトム&ソーヤ(8)《怪人は夢に舞う〈実践編〉》
はやみねかおる　都《ま》会《ち》のトム&ソーヤ(9)〈前夜祭　内人《ないと》side〉
はやみねかおる　都《ま》会《ち》のトム&ソーヤ(10)〈前夜祭　創也《そうや》side〉
原　武史　滝山コミューン一九七四
濱　嘉之　警視庁情報官〈シークレット・オフィサー〉

平岩弓枝 はやぶさ新八御用旅(三)〈日光例幣使道の殺人〉
平岩弓枝 はやぶさ新八御用旅(四)〈北前船の事件〉
平岩弓枝 はやぶさ新八御用旅(五)〈諏訪の妖狐〉
平岩弓枝 はやぶさ新八御用旅(六)〈紅花染め秘帳〉
平岩弓枝 新装版 はやぶさ新八御用帳(一)〈大奥の恋人〉
平岩弓枝 新装版 はやぶさ新八御用帳(二)〈江戸の海賊〉
平岩弓枝 新装版 はやぶさ新八御用帳(三)〈又右衛門の女房〉
平岩弓枝 新装版 はやぶさ新八御用帳(四)〈鬼勘の娘〉
平岩弓枝 新装版 はやぶさ新八御用帳(五)〈御守殿おたき〉
平岩弓枝 新装版 はやぶさ新八御用帳(六)〈春月の雛〉
平岩弓枝 新装版 はやぶさ新八御用帳(七)〈寒椿の寺〉
平岩弓枝 新装版 はやぶさ新八御用帳(八)〈春怨 根津権現〉
平岩弓枝 新装版 はやぶさ新八御用帳(九)〈王子稲荷の女〉
平岩弓枝 新装版 はやぶさ新八御用帳(十)〈幽霊屋敷の女〉
東野圭吾 放課後
東野圭吾 卒業
東野圭吾 学生街の殺人
東野圭吾 魔球
東野圭吾 十字屋敷のピエロ

東野圭吾 眠りの森
東野圭吾 宿命
東野圭吾 変身
東野圭吾 仮面山荘殺人事件
東野圭吾 天使の耳
東野圭吾 ある閉ざされた雪の山荘で
東野圭吾 同級生
東野圭吾 名探偵の呪縛
東野圭吾 むかし僕が死んだ家
東野圭吾 虹を操る少年
東野圭吾 パラレルワールド・ラブストーリー
東野圭吾 天空の蜂
東野圭吾 どちらかが彼女を殺した
東野圭吾 名探偵の掟
東野圭吾 悪意
東野圭吾 私が彼を殺した
東野圭吾 嘘をもうひとつだけ
東野圭吾 赤い指
東野圭吾 流星の絆

東野圭吾 新装版 浪花少年探偵団
東野圭吾 新装版 しのぶセンセにサヨナラ
東野圭吾 新参者
東野圭吾 麒麟の翼
東野圭吾 パラドックス13
東野圭吾 祈りの幕が下りる時
東野圭吾 危険なビーナス
東野圭吾 時《トキ》生《オ》〈新装版〉
東野圭吾 希望の糸
東野圭吾作家生活25周年祭り実行委員会 東野圭吾公式ガイド〈読者1万人が選んだ東野作品人気ランキング発表〉
東野圭吾作家生活35周年実行委員会 編 東野圭吾公式ガイド〈作家生活35周年ver.〉
平野啓一郎 高瀬川
平野啓一郎 ドーン
平野啓一郎 空白を満たしなさい(上)(下)
百田尚樹 永遠の0《ゼロ》
百田尚樹 輝く夜
百田尚樹 風の中のマリア
百田尚樹 影法師
百田尚樹 ボックス!(上)(下)

講談社文庫　目録

講談社文庫　目録

藤谷　治　花や今宵の
古市憲寿　働き方は「自分」で決める
船瀬俊介　かんたん「1日1食」!!〈万病が治る！　20歳若返る！〉
古野まほろ　身元不明《ジェーン・ドウ》〈特殊殺人対策官　箱崎ひかり〉
古野まほろ　陰陽少女
古野まほろ　陰陽少女〈妖刀村正《ようとうむらまさ》殺人事件〉
古野まほろ　禁じられたジュリエット
藤崎　翔　時間を止めてみたんだが
藤井邦夫　大江戸閻魔帳《えんまちょう》
藤井邦夫　三つの顔〈大江戸閻魔帳㈡〉
藤井邦夫　渡世人〈大江戸閻魔帳㈢〉
藤井邦夫　笑う女〈大江戸閻魔帳㈣〉
藤井邦夫　罰《ばち》当《あた》り〈大江戸閻魔帳㈤〉
藤井邦夫　福の神〈大江戸閻魔帳㈥〉
藤井邦夫　野暮天〈大江戸閻魔帳㈦〉
福澤徹三・糸柳《いとやなぎ》寿昭《としあき》　忌《い》み地〈怪談社奇聞録〉
福澤徹三・糸柳寿昭　忌み地　弐〈怪談社奇聞録〉
福澤徹三・糸柳寿昭　忌み地　惨〈怪談社奇聞録〉
藤井太洋　ハロー・ワールド

藤野嘉子　生き方がラクになる　60歳からは「小さくする」暮らし
福澤徹三　作家ごはん
辺見　庸　抵抗論
星　新一　エヌ氏の遊園地
星　新一編　ショートショートの広場①〜⑨
本田靖春　不当逮捕
保阪正康　昭和史　七つの謎
堀江敏幸　熊の敷石
本格ミステリ作家クラブ編　ベスト本格ミステリ　TOP5〈短編傑作選002〉
本格ミステリ作家クラブ編　ベスト本格ミステリ　TOP5〈短編傑作選003〉
本格ミステリ作家クラブ編　ベスト本格ミステリ　TOP5〈短編傑作選004〉
本格ミステリ作家クラブ選・編　本格王2019
本格ミステリ作家クラブ選・編　本格王2020
本格ミステリ作家クラブ選・編　本格王2021
本格ミステリ作家クラブ選・編　本格王2022
本多孝好　君の隣に
本多孝好　チェーン・ポイズン〈新装版〉
穂村　弘　整形前夜
穂村　弘　ぼくの短歌ノート

穂村　弘　野良猫を尊敬した日
堀川アサコ　幻想郵便局
堀川アサコ　幻想映画館
堀川アサコ　幻想日記店
堀川アサコ　幻想探偵社
堀川アサコ　幻想温泉郷
堀川アサコ　幻想短編集
堀川アサコ　幻想寝台車
堀川アサコ　幻想蒸気船
堀川アサコ　幻想商店街
堀川アサコ　幻想遊園地
堀川アサコ　魔法使ひ
本城雅人　境界〈横浜中華街・潜伏捜査〉
本城雅人　スカウト・デイズ
本城雅人　スカウト・バトル
本城雅人　嗤うエース
本城雅人　贅沢のススメ
本城雅人　誉れ高き勇敢なブルーよ
本城雅人　シューメーカーの足音

講談社文庫　目録

真山　仁　虚像の砦
真山　仁　新装版 ハゲタカ (上)(下)
真山　仁　新装版 ハゲタカII (上)(下)
真山　仁　レッドゾーン (上)(下)
真山　仁　グリード〈ハゲタカIV〉(上)(下)
真山　仁　ハーディ〈ハゲタカ2・5〉(上)(下)
真山　仁　スパイラル〈ハゲタカ4・5〉
真山　仁　シンドローム〈ハゲタカ5〉(上)(下)
真山　仁　そして、星の輝く夜がくる
真梨幸子　孤《こ》虫《ちゅう》症《しょう》
真梨幸子　深く深く、砂に埋めて
真梨幸子　女ともだち
真梨幸子　えんじ色心中
真梨幸子　カンタベリー・テイルズ
真梨幸子　イヤミス短篇集
真梨幸子　人生相談。
真梨幸子　私が失敗した理由は
松本裕士　兄弟〈追憶のhide〉
円居　挽　原作 福本伸行　カイジ ファイナルゲーム 小説版

松岡圭祐　探偵の探偵
松岡圭祐　探偵の探偵II
松岡圭祐　探偵の探偵III
松岡圭祐　探偵の探偵IV
松岡圭祐　水鏡推理
松岡圭祐　水鏡推理II〈インパクトファクター〉
松岡圭祐　水鏡推理III〈パレイドリア・フェイス〉
松岡圭祐　水鏡推理IV〈アノマリー〉
松岡圭祐　水鏡推理V〈ニュークリアフュージョン〉
松岡圭祐　水鏡推理VI〈クロノスタシス〉
松岡圭祐　探偵の鑑定I
松岡圭祐　探偵の鑑定II
松岡圭祐　万能鑑定士Qの最終巻〈ムンクの〈叫び〉〉
松岡圭祐　黄砂の籠城 (上)(下)
松岡圭祐　シャーロック・ホームズ対伊藤博文
松岡圭祐　八月十五日に吹く風
松岡圭祐　生きている理由
松岡圭祐　黄砂の進撃
松岡圭祐　瑕《か》疵《し》借り

松原　始　カラスの教科書
益田ミリ　五年前の忘れ物
益田ミリ　お茶の時間
マキタスポーツ　一億総ツッコミ時代〈決定版〉
丸山ゴンザレス　ダークツーリスト〈世界の混沌《カオス》を歩く〉
松田賢弥　したたか 総理大臣・菅義偉の野望と人生
真下みこと　#柚《ゆ》莉《り》愛《あ》とかくれんぼ
松野大介　インフォデミック〈コロナ情報氾濫〉
三島由紀夫 TBSヴィンテージクラシックス編　告白 三島由紀夫未公開インタビュー
三浦綾子　ひつじが丘
三浦綾子　岩に立つ
三浦綾子　あのポプラの上が空〈新装版〉
三浦明博　滅びのモノクローム
三浦明博　五郎丸の生涯
宮尾登美子　新装版 天璋院篤姫 (上)(下)
宮尾登美子　新装版 一絃の琴
宮尾登美子　東福門院和子《まさこ》の涙 (上)(下)〈レジェンド歴史時代小説〉
皆川博子　クロコダイル路地
宮本　輝　骸骨ビルの庭 (上)(下)

講談社文庫 目録

宮本 輝　新装版 二十歳《はたち》の火影《ほかげ》
宮本 輝　新装版 命 の 器
宮本 輝　新装版 避暑地の猫
宮本 輝　新装版 ここに地終わり 海始まる(上)(下)
宮本 輝　新装版 花の降る午後(上)(下)
宮本 輝　新装版 オレンジの壺(上)(下)
宮本 輝　にぎやかな天地(上)(下)
宮本 輝　新装版 朝の歓び(上)(下)
宮城谷昌光　夏姫春秋(上)(下)
宮城谷昌光　花 の 歳 月
宮城谷昌光　重耳《ちょうじ》(全三冊)
宮城谷昌光　介子推《かいしすい》
宮城谷昌光　孟 嘗 君 全五冊
宮城谷昌光　子 産(上)(下)
宮城谷昌光　湖底の城〈呉越春秋〉一
宮城谷昌光　湖底の城〈呉越春秋〉二
宮城谷昌光　湖底の城〈呉越春秋〉三
宮城谷昌光　湖底の城〈呉越春秋〉四
宮城谷昌光　湖底の城〈呉越春秋〉五

宮城谷昌光　湖底の城〈呉越春秋〉六
宮城谷昌光　湖底の城〈呉越春秋〉七
宮城谷昌光　湖底の城〈呉越春秋〉八
宮城谷昌光　湖底の城〈呉越春秋〉九
宮城谷昌光　俠 骨 記〈新装版〉
水木しげる　コミック昭和史1〈関東大震災～満州事変〉
水木しげる　コミック昭和史2〈満州事変～日中全面戦争〉
水木しげる　コミック昭和史3〈日中全面戦争～太平洋戦争開始〉
水木しげる　コミック昭和史4〈太平洋戦争前半〉
水木しげる　コミック昭和史5〈太平洋戦争後半〉
水木しげる　コミック昭和史6〈終戦から朝鮮戦争〉
水木しげる　コミック昭和史7〈講和から復興〉
水木しげる　コミック昭和史8〈高度成長以降〉
水木しげる　敗 走 記
水木しげる　白 い 旗
水木しげる　姑《クー》 娘《ニャン》
水木しげる　決定版 日本妖怪大全〈妖怪・あの世・神様〉
水木しげる　ほんまにオレはアホやろか
水木しげる　総員玉砕せよ!〈新装完全版〉

宮部みゆき　新装版 震える岩〈霊験お初捕物控〉
宮部みゆき　新装版 天 狗 風〈霊験お初捕物控〉
宮部みゆき　ICO《イコ》―霧の城―(上)(下)
宮部みゆき　ぼんくら(上)(下)
宮部みゆき　新装版 日暮らし(上)(下)
宮部みゆき　おまえさん(上)(下)
宮部みゆき　小暮写眞館(上)(下)
宮部みゆき　ステップファザー・ステップ〈新装版〉
宮子あずさ　看護婦が見つめた人間が死ぬということ
宮本昌孝　家康、死す(上)(下)
三津田信三　忌《い》館《かん》〈ホラー作家の棲む家〉
三津田信三　作者不詳〈ミステリ作家の読む本〉(上)(下)
三津田信三　蛇《じゃ》棺《かん》葬《そう》
三津田信三　百《ひゃく》蛇《じゃ》堂《どう》〈怪談作家の語る話〉
三津田信三　厭魅《まじもの》の如き憑くもの
三津田信三　凶鳥《まがとり》の如き忌むもの
三津田信三　首無《くびなし》の如き祟るもの
三津田信三　山魔《やまんま》の如き嗤《わら》うもの
三津田信三　水魑《みづち》の如き沈むもの

2022年 9 月15日現在